드라이브

드라이브

지은이 **정해연**
펴낸이 **임상진**
펴낸곳 **(주)넥서스**

초판1쇄 발행 2025년 3월 25일
초판3쇄 발행 2025년 4월 30일

출판신고 1992년 4월 3일 제311-2002-2호
10880 경기도 파주시 지목로 5
Tel (02)330-5500 Fax (02)330-5555

ISBN 979-11-94643-19-7   03810

저자와 출판사의 허락 없이 내용의 일부를
인용하거나 발췌하는 것을 금합니다.

가격은 뒤표지에 있습니다.
잘못 만들어진 책은 구입처에서 바꾸어 드립니다.

www.nexusbook.com
&(앤드)는 (주)넥서스의 문학 브랜드입니다.

드라이브

정해연 지음

&

차
례

김혜정

노균탁

작가의 말

김
혜
정

1

 휴대폰이 진동했을 때 혜정은 민원인을 상대하고 있었다. 앞에 있는 사람은 80대의 노인으로 인감증명서를 발급받으러 왔다고 했다. 처음 들어올 때부터 주변을 두리번거리고 빠르지 않은 잔걸음으로 들어올 때 이미 이런 일에 익숙하지 않다는 걸 알았다. 혜정은 자리에서 일어나 노인을 맞았다.
 "여기에 정자로 성명을 기재해주세요."
 혜정은 창구에 놓인 검은색 패드를 손으로 가리키고는 패드용 펜대를 건넸다. 예전엔 종이 신청서를 썼지만 지금은 전자서명이 기본이다. 노인은 펜대를 잡으면서도 당황한 표정을 감추지 못했다. 그

때 책상 위에 두었던 휴대폰이 울렸다. 혜정은 눈을 내리깔고 화면에 뜬 발신인을 확인했다. 저장되어 있지 않은 모르는 번호였다. 손으로 슬쩍 화면을 긁어 수신 거절을 하고 다시 노인을 보았다. 요즘은 모르는 번호로 오는 스팸 전화가 너무나 많았다. 게다가 민원인을 상대할 때 휴대폰을 받는 것은 해서는 안 될 일이다.

"여기에 이름을 쓰시면 돼요."

다시 한번 패드를 가리키며 말했을 때 혜정은 아차 했다. 노인의 표정을 보고 뒤늦게 깨달았다. 그녀는 한글을 쓰지 못하는 것이다. 이 나이대의 노인들에게서 심심찮게 보이는 모습이었다.

그렇다고 서명을 대신할 수는 없었다. 혜정은 노인이 건넸던 신분증을 보고 종이에 크게 그녀의 이름을 적었다. 최말순.

"그냥 이렇게 그려 넣으시면 돼요."

"미안해요."

노인은 입맛을 다시며 눈을 아래로 떨궜다.

"아니에요. 제가 대신해드릴 수 있으면 좋은데 그러면 안 되는 거라서요. 천천히 하세요."

그녀는 고맙다고 말하고는 아주 천천히 패드 위에 자신의 이름을 적어나갔다. 그때 또다시 휴대폰이 진동했다. 이번에는 익숙한 저장 명이 눈에 들어왔다. 남편인 영준이었다. 무슨 일일까. 이 시간에 전화할 사람이 아니었다. 민원인을 자주 상대하는 걸 알아서 웬만한 용건은 메시지로 대신하던 영준이었다. 다시 수신 거절을 누르려는데 옆에 앉아 있던 현영이 그녀의 어깨를 두드렸다.

"받아봐. 급한 일인지도 모르는데. 내가 할게."

혜정은 휴대폰과 현영을 번갈아 보다가 휴대폰을 쥐었다. 왠지 받아야 할 것 같다는 생각이 명징하게 들었다. 현영에게는 입 모양으로 고맙다고 말한 뒤 휴대폰을 들고 접수대에서 물러나 탕비실로 들어갔다. 그 와중에도 휴대폰은 계속 진동하고 있었다. 왠지 모를 불안감이 가슴에 피어올랐지만 괜한 기우일 거라 생각하며 전화를 받았다.

"무슨 일이야?"

전화기 너머에서는 아무런 소리가 들려오지 않았다.

"여보?"

그제야 전화기를 타고 신음 같은 것이 들려왔다. 꾹 조인 목구멍에서 간신히 소리를 내뱉는 것 같았다. 끅끅거리는 소리에 아랫입술을 꾹 깨물었다. 순간적으로 요양원에 있는 시어머님이 떠올랐다. 그녀의 부고일 것 같다는 생각과 함께 이기적이지만 지금부터 할 일들을 순차적으로 생각했다. 경조사로 휴가는 5일까지 가능하다. 미처 마치지 못한 업무들을 현영에게 인수인계하고 바로 출발하면 될 것 같았다. 이미 가족묘가 있어서 그 부분은 걱정할 것이 없고 장례식장은 영인에 두 곳밖에 없으니 한쪽을 고르면 되는 일이다. 자신이 최대한 침착하게 일 처리를 해 영준에게 슬퍼할 시간을 주자고 생각했다.

"연희가……. 죽었어."

심장이 쿵 내려앉았다. 머릿속이 하얘졌다. 자신이 지금 무슨 소리를 들었는지 알 수가 없었다. 아니, 영준이 무슨 헛소리를 하는 건지 이해가 가지 않았다. 그녀는 자기도 모르게 입에서 바람 빠지는 소리를 냈다.

"지금 무슨 소리를 하는 거야."

"교통사고가 났어."

영준이 오열했다. 그렇게 우는 소리를 처음 들었다. 그것이 현실감을 불러왔다. 혜정은 자리에 풀썩 주저앉았다. 다리에 힘이 빠지고 휴대폰을 들고 있는 손이 벌벌 떨렸다.

"시신 확인하라는데……. 나 혼자는 못 들어가겠어."

고개를 저었다.

"말도 안 돼. 무슨 말도 안 되는 소리를 하는 거야. 연희 지금 학교에 가 있을 시간이잖아. 근데 연희가 왜……."

"빨리 와. 영인 대학병원이야."

전화가 끊겼다. 혜정은 잠시동안 멍했다. 아침에 현관문을 열며 갔다 오겠다고 하던 연희의 모습이 선명하게 떠올랐다. 혜정은 고개를 저었다. 뭔가 잘못된 것이었다. 그럴 리가 없었다. 주책맞게 흐르는 눈물을 닦았다. 왜 눈물이 나오는지 알 수 없었다. 연희가 죽었을 리 없었다. 영준이 잘못 안 게 분명했다. 그저 현실을 부정하기 위해 애써 하는 생각이 아니었다. 혜정은 냉정하게 생각했다. 연희가 학교에 다녀오겠다며 집을 나서던 시간은 일곱 시 반이었다. 지금은 열 시다. 학교에 가고도 남았을 시간이었다. 이제야 사고가 났다니, 말이 안 돼도 한참 안 되는 일이었다.

혜정은 더듬더듬 벽을 지탱하며 일어섰다. 다리가 후들거려 제대로 설 수 없었지만, 아랫입술을 꾹 깨물었다. 당황해서는 안 됐다. 병원에 당장 가서 잘못된 걸 바로잡아줘야 한다. 잘못 알고 전화한 영준에게 화를 내지는 말아야지. 오히려 놀랐을 영준을 안아줘야지. 몇 번이고 생각하며 탕비실을 나갔다.

"김 주임, 괜찮아?"

현영이 다가와 혜정의 한쪽 팔을 잡았다. 아까의 민원인은 일 처리를 마쳤는지 입구 쪽으로 나가고 있었다. 다리가 잘 벌려지지 않는지 좁은 보폭으로 뒤뚱거리며 걸었다. 혜정은 정신을 차리듯 현영을 보았다. 현영이 걱정스럽게 미간을 좁혔다.

"무슨 일이야? 얼굴이 창백해."

"나 잠깐만······."

그렇게 말했을 때 갑자기 눈앞이 캄캄해졌다. 귓속에 이명이 울렸다. 머리를 쥐는데 몸이 흔들렸다. 현영이 잡아주지 않았다면 다시 주저앉았을지도 모를 일이었다. 현영이 무슨 일이냐고 재차 물었다. 혜정은 눈에 힘을 줬다. 시야가 다시 밝아졌다.

"잠깐만 나갔다 올게."

"무슨 일인데?"

"갔다 와서 설명할게. 금방이면 돼."

정말 그때는 금방이면 된다고 생각했다.

어플로 택시를 잡아타고 영인 대학병원으로 향했다. 택시는 병원 현관 앞에 멈춰 섰다. 어플에 등록된 카드로 자동결제가 되는 터라 그냥 내렸다. 회전문을 통과해 로비로 들어갔다. 많은 사람이 로비를 지나치고 있었다. 누군가는 검사실로, 누군가는 결제 창구로 향했다. 환자가 누운 침대를 끌고 지나가는 직원이 있어서 살짝 피해주었다. 혜정은 이쪽저쪽으로 시선을 돌렸다. 눈앞이 휘돌았다. 어디로 가야 할지 알 수 없었다.

후, 하고 숨을 내쉬었다. 정신을 차려야 했다. 핸드폰을 들고 영준의 전화번호가 등록된 단축번호를 길게 눌렀다. 두 번이 채 울리지 않아 영준이 전화를 받았다.

"나 병원에 왔어."

"지하 2층으로 와."

엘리베이터는 로비의 중앙에 있었다. 많은 사람이 엘리베이터를 타기 위해 몰려 있었다. LED 판에는 엘리베이터가 지상 5층에 있음을 표시해주고 있었다. 혜정은 고개를 반대로 돌렸다. 비상계단이 거기에 있었다. 계단을 통해 아래로 내려갔다. 반 층 정도를 내려가 몸을 틀고 다시 계단에 발을 내디딜 때 다리에 힘이 쭉 풀렸다. 혜정은 간신히 벽을 짚고 몸의 중심을 세웠다. 피가 날 정도로 입술을 깨물고 몸을 일으켰다. 다시 계단을 내려갔다. 지하로 내려갈수록 서늘한 기운이 살갗에 들러붙었다. 지하 2층에 도착해 복도로 들어서자 영준이 보였다. 영준은 플라스틱 의자에 앉아 머리를 감싸 쥐고 있었다. 다가가는 혜정의 인기척을 느끼고 고개를 들었다. 얼굴이 눈물 때문에 엉망이었다.

"여보."

일어서는 영준의 얼굴이 일그러졌다. 혜정은 영준을 향해 손바닥을 내보였다.

"말도 안 되는 소리 마. 그럴 리가 없잖아. 바보 같이 울고 있지 마. 내가 확인할 거야."

"여보."

자신을 붙잡는 영준의 팔을 혜정은 강하게 뿌리

쳤다.

"당신 제정신이야? 무슨 그런 소리를 믿어? 지금 연희, 학교에 있을 시간이야. 좀 말이 되는 소리를 해!"

영준이 그녀를 안았다.

"연희, 버스 기다리다가 갑자기 승용차가 덮쳤대. 사고 나서 병원에 왔을 때는 이미 심정지 상태였대. 휴대폰이 잠겨 있어서 확인하기까지 오래 걸렸나 봐. 교복 보고 학교로 전화해서 우리 연락처 찾아 전화하기까지 시간이 걸렸대."

혜정은 영준의 가슴팍을 밀었다. 그가 무슨 소리를 하는지 이해할 수 없었다.

"뇨. 무슨 소리를 하는 거야."

영준은 천천히 혜정을 놓아주었다. 그러고는 뒤를 돌아 어느 문 앞에 달린 버튼을 눌렀다. 안쪽으로 벨이 울렸는지 잠시 뒤, 푸른색 옷을 입은 사람이 나왔다. 몸체로 보아 여자였는데 위생모와 마스크를 쓰고 있어서 얼굴은 보이지 않았다.

영준이 울음 가득한 목소리로 말했다.

"확인할게요."

여자가 고개를 끄덕이고는 옆으로 비켜섰다. 영준이 혜정의 손을 잡았다. 혜정은 뒷걸음질을 쳤다. 잡힌 손을 빼내려 했다. 왠지 안으로 들어가면 안 될 것 같다는 생각이 들었다.

"나 혼자 확인할까?"

"아니지?"

영준은 눈을 꾹 감았다가 떴다. 큰 눈물방울이 뚝뚝 떨어졌다. 혜정은 자신도 울고 있음을 눈치채지 못했다. 영준이 말했다.

"우리 연희, 한참 기다렸어. 가서 만나야지."

혜정은 영준을 노려봤다. 절대 그럴 리가 없다. 그럴 리가 없다고 말해주지 않는 영준이 원망스러웠다. 아까까지만 해도 화를 내지 말아야 한다고 생각했지만, 이제는 그 마음이 바뀌었다. 아니라는 것만 확인하면 크게 소리를 질러 버릴 것이다. 저녁에 연희가 집에 돌아오면 영준이 했던 오해들을 모두

일러줄 것이었다.

혜정은 영준을 지나쳐 안으로 들어갔다. 복도와는 비교도 되지 않게 차가운 공기가 엄습했다. 혜정은 들어가다 말고 멈칫, 했다. 방 가운데에 흰색 보를 덮은 누군가가 누워있었기 때문이었다. 옆에는 흰색 가운을 입은 남자가 마스크를 쓰고 서 있었다. 뒤따라 영준이 들어왔고 문이 닫혔다. 혜정은 천천히 그곳으로 다가갔다. 남자를 보았다. 남자가 고개를 살짝 숙여 묵례하고는 팔을 뻗어 흰색 보의 끝을 쥐었다. 그리고 천천히 그것을 내렸다. 얼굴이 드러났다.

"왜?"

그녀가 뱉은 첫마디는 그것이었다. 도무지 알 수 없었다. 왜 여기에 연희가 누워있어야만 하는지, 왜 핏기가 하나도 없는 얼굴인지, 생긋 웃던 그 예쁜 입술이 왜 저렇게 터져 있는지 알 수 없었다.

"왜!"

그녀는 소리를 내지르며 연희에게 와락 달려들었

다. 영준이 뒤에서 그녀의 허리를 안았다. 혜정은 영준의 손을 때리며 풀려나려고 애썼다. 연희를 깨워야 했다. 앉혀주고 엄마가 왔다고 얘기해 주어야 했다. 이 추운 곳에 누워있으면 감기에 걸릴 것이다. 연희는 추위를 많이 탔다. 집으로 데리고 가 연희가 좋아하는 유자차를 타 주어야 했다.

"여보, 여보 하지 마."

혜정은 입을 벌렸다. 그 안에서 짐승의 울음소리가 터져 나왔다. 그녀는 바닥을 굴렀다. 영준도 그것을 막지 못했다. 심장이 찢어지는 것만 같았다. 숨이 막혔다. 누군가 목을 조르고 있어도 이렇게 답답할 것 같지는 않았다. 소리를 내질러도 터질 것만 같은 가슴은 어쩌지를 못했다.

"말도 안 돼. 말도 안 돼. 왜!"

혜정은 연희가 누운 침대를 붙들고 일어났다. 그러고는 연희를 덮고 있는 침대보를 걷으려고 했다. 그 손을 옆에 있던 가운의 남자가 막았다. 혜정의 눈을 보며 그는 안타까운 시선으로 고개를 저었다.

혜정은 이를 악물고 남자의 손을 쳐냈다. 알아야 했다. 왜 이런 일이 났는지. 자신의 아이에게 무슨 일이 일어났는지. 혜정은 흰색 보를 걷었다.

직후 그녀는 정신을 잃었다.

연희의 피로 물든 가슴이 움푹 들어가 있었다. 사람의 몸이 아니라 납작하게 만들어 놓은 판을 붙여 놓은 것 같았다.

'엄마!'

연희의 목소리였다. 혜정은 주변을 둘러보았다. 주방이었다. 싱크대 수도에서 물이 흘러나오고 있었고 자신의 손에는 고무장갑이 끼워져 있었다. 혜정은 얼른 정신을 차렸다. 요즘 피곤했나, 잠깐 멍해졌던 모양이었다. 나쁜 꿈을 꾼 것 같은 기분이 들었다.

'엄마!'

뒤를 돌아보았다. 교복을 입은 연희가 발을 동동 거리며 서 있었다.

'도시락, 도시락! 나 늦어.'

"다 싸놨어. 기다려."

혜정은 그렇게 말하며 싱크대 수도를 잠갔다. 그러고는 장갑을 벗고 식탁 위에 올려 둔 연희의 도시락을 집어 들었다. 연희가 다니는 중학교에서는 급식을 하지만 연희는 도시락을 싸야 했다. 선천적으로 고기에 알레르기 반응이 있어 연희는 채식만 하고 있기 때문이었다. 혜정이 도시락을 들고 나가자 연희는 가방을 내려놓고 활짝 열었다. 혜정이 그 안에 도시락을 넣자 연희가 가방을 잠그면서 말했다.

'나 오늘 애들이랑 '스카' 갈 거야. 어제 말했지?'

스카는 스터디카페의 준말이다.

"스카가 아니라 남친 만나는 거 아니야?"

'뭐래.'

연희가 입술을 비쭉 내밀며 말했다. 중학교 2학년에 들어선 연희는 어느덧 가슴이 봉긋했다. 혜정은 연희의 가슴을 쿡쿡 찔렀다.

"남친 생기면 엄마한테 말해주기?"

'아이, 하지 말라니까!'

연희가 혜정의 손을 내치며 몸을 부르르 떨었다. 혜정은 까르르 웃음을 터트렸다. 두 사람의 웃음소리가 아침의 집 안 구석구석을 굴렀다.

"연희야……."

"여보!"

헉, 하는 소리와 함께 혜정은 눈을 떴다. 자신을 내려다보는 영준의 얼굴이 눈에 들어왔다. 그의 머리 뒤로 흰 천장이 보였다. 손목에 불편감이 있어 내려다보니, 링거가 꽂혀 있었다. 병원이었다. 그 사실은 혜정에게 공포를 안겨 주었다. 모든 것이 현실이라는 공포였다. 혜정은 벌떡 몸을 일으켰다. 연희를 찾아야 했다.

"저……."

낯선 목소리에 고개를 돌렸다. 가까이 다가온 남자는 40대 초중반으로 보였다. 폴로 티셔츠의 목 끝까지 단추를 채우고 있었고 짧게 깎은 머리는 단정했다.

"일이 이렇게 되어서 정말 안타깝습니다."

혜정이 영준을 보았다.

"형사님이셔."

그 말에 혜정이 눈을 부릅떴다. 그 눈을 남자에게로 돌렸다.

"어딨어요?"

"네?"

"우리 연희 그렇게 만든 놈 어딨냐고요!"

소리를 버럭 내지르자 영준이 가까이 다가왔다. 혜정을 안정시키려는 듯 그녀의 어깨에 손을 얹었다. 혜정은 그 손을 뿌리쳤다. 그녀는 차가운 눈으로 형사를 노려보았다.

"어디 있냐고요!"

"지금 조사 중이라……."

혜정은 자신의 손목에 꽂힌 바늘을 잡아 뺐다. 핏줄기와 함께 링거액이 주사기 바늘에서 뚝뚝 떨어졌다.

"여보!"

혜정은 자신을 감싸고 있던 이불을 걷어버렸다. 침대 밑에 신발이 있었다. 대충 꿰어 신고 문 쪽으로 넘어질 듯 달려갔다.

"여보!"

잡는 영준을 밀어젖히고 복도로 달려나갔다. 그녀의 시선이 황황히 주변을 훑었다. 엘리베이터의 문이 닫히고 있었다. 빠른 속도로 엘리베이터를 잡아탔다. 닫히는 문 사이로 영준이 뛰어오는 것이 보였지만 닫힘 버튼을 계속 눌렀다.

병원 밖 택시 정류장에는 택시들이 줄지어 서 있었다. 가장 앞에 있는 택시에 올라탔다.

"영인 경찰서요."

연희를 그렇게 만든 자를 두 눈으로 봐야 했다.

2

 다행히 점퍼에 지갑이 있어서 택시비를 치를 수 있었다. 5만 원짜리를 건네고 잔돈은 생각할 겨를도 없이 택시에서 내렸다. 그러고는 급히 안으로 들어갔다. 그녀가 거기에 왜 왔는지, 어디를 찾는지를 묻는 사람은 없었다. 작은 책상 위에 '안내'라고 적힌 팻말이 놓여 있었지만 자리는 비어 있었다. 눈을 돌렸다. 2층으로 올라가는 계단 옆쪽 벽에 층별 표시가 붙어 있었다. 많은 글자들 속에서 '교통과'가 눈에 들어왔다. 교통 조사는 거기서 할 거라는 확신이 들었다. 바로 계단을 뛰어 3층으로 올라갔다. 숨은 차지 않았고 분노로 심장이 들끓기만 했다. 당장에 상대가 눈에 보이면 목을 꺾어놓아도 시원치 않을 것 같았다.

강화 유리로 된 문을 열었다. 안은 생각보다 넓었다. 수십 개가 넘는 책상들이 펼쳐졌다. 경찰서라기보다는 규모가 있는 회사 같았다. 어떤 책상은 비어 있기도 했고 누군가는 컴퓨터 앞에 앉아서 뭔가를 입력하기도 했다. 넓은 하나의 사무실을 천장에 달린 팻말로 구획을 나누는 것 같았다. 어디로 가야 할까, 팻말을 보고 있는데 젊은 남자가 다가왔다. 셔츠를 입은 남자는 패딩 조끼를 입고 있었다.

"무슨 일로 오셨습니까?"

"교통사고가……. 딸이 교통사고가 났는데…… 담당 형사님을 만나려고."

말이 두서없이 나왔다. 그러나 남자는 바로 무슨 소리인지 알아들은 것 같았다. 그는 고개를 틀어 누군가에게 조금 높은 소리로 말을 걸었다.

"장 경위님!"

남자가 바라보고 있는 시선을 따라 고개를 돌리

니 50대는 넘었을 법한 남자가 고개를 들었다. 그 남자의 머리 위에 '교통 조사과'라는 팻말이 걸려 있었다. 미처 고맙다는 소리도 하지 못하고 장 경위라고 불린 사람을 향해 걸어갔다. 앞으로 갈수록 뒤에 있는 컴퓨터에 가려져 있던 누군가의 등이 점점 모습을 드러냈다. 장 경위의 맞은편에 앉은 남자가 분명 연희를 그렇게 만든 사람일 것 같았다. 심장이 달음박질을 쳤다. 혈류가 빠르게 돌았다. 눈이 튀어나올 것 같은 압력이 느껴졌다. 그래도 확인은 필요했다.

"이 사람이……. 이 사람이."

혜정의 목소리가 들리자 등을 구부린 채 앉아 있던 남자가 주춤거리며 일어섰다. 그 사람을 보고 혜정은 충격을 받았다. 머리는 희끗하고 얼굴에는 깊은 주름이 늘어져 있었다. 어깨 한쪽이 다른 쪽에 비해 눈에 띄게 가라앉아 있었다. 아무리 봐도 70대는 넘었을 법한 할아버지였다.

"민연희 양 어머님 되십니까?"

장 경위라고 불린 남자가 조심스럽게 말을 걸어 왔지만 그 소리는 하나도 혜정에게 들리지 않았다. 그녀의 불같이 이글거리는 눈은 노인을 불태워 버릴 것처럼 그에게만 박혀 있었다. 악마일 거라고 생각했다. 그게 아니면 그렇게 착한 연희를 데려가지는 못할 거라고 생각했다. 그런데 이렇게 추레한 노인이 연희를 사라지게 했다. 그건 또 다른 분노를 일으켰다. 대뜸 그의 멱살을 잡았다.

"당신이 우리 연희를 죽였어?"

"어머님! 이러시면 안 됩니다!"

장 경위가 소리를 지르며 그녀를 말리려 했다. 그러나 혜정은 노인을 놓지 않았다. 노인도 그저 혜정이 흔드는 대로 흔들리고 있었다. 자신은 아무런 힘이 없다는 듯, 모든 것을 받아들이겠다는 듯한 태도였다. 그런다고 화가 가라앉지 않았다. 불쌍해 보인다고 용서할 생각 같은 건 애초에 없었다. 악마였다. 아무리 죄지은 사람처럼 고개를 떨구고 있어도 연희를 자신의 곁에서 빼앗아 간 것만으로도 그는 악마였다.

"왜 그랬어? 왜?"

"어머님! 지금 조사 중이에요!"

소리 지른 장 경위가 누군가를 향해 고갯짓했다. 처음 혜정을 안내했던 직원까지 달려와 혜정을 잡아당겼다. 아무리 흥분한 혜정일지라도 두 사람의 힘은 당해내지 못했다. 노인의 멱살을 쥔 채로 두 사람의 힘에 끌려 바닥을 구르고 말았다. 그 바람에 노인까지 바닥에 털썩 주저앉았다. 혜정은 거의 그에게 매달린 것처럼 되어 악다구니를 썼다.

"죽고 싶으면 당신이나 죽어야지! 운전도 못 하면서 왜 차를 끌고 나와! 우리 연희 살려내! 살려내라고!"

"어머님!"

이전보다 훨씬 강력한 힘으로 장 경위가 혜정의 손을 떼 내었다. 노인은 주저앉은 채로 턱을 덜덜 떨었다.

"나는…… 정말……."

"여보!"

영준이 혜정을 부르며 안으로 달려 들어왔다. 혜정을 뒤따라왔을 것이었다. 그는 혜정을 일으키려 애썼다. 그 와중에도 혜정은 노인을 향해 뻗은 팔을 버둥거렸다. 이 손으로 저 인간을 찢어놓지 않으면 가슴이 터질 것만 같았다. 자꾸만 주저앉은 연희의 가슴팍이 떠올랐다. 얼마나 아팠을까. 얼마나 무섭고 고통스러웠을까. 그걸 똑같이 해주지 않으면 연희는 편히 눈도 감을 수 없을 것이었다.

"여보, 그만해!"

"지금 조사 중입니다. 여기서 이러시면 안 돼요. 이봐!"

장 경위가 누군가에게 손짓했다. 한 여자가 빠르게 다가와 영준과 함께 혜정을 일으켰다. 혜정은 심한 무력감을 느꼈다. 내 아이가 그렇게 찢겨 죽었는데 아무것도 할 수 없다는 것이 그녀를 짓눌렀다. 혜정은 두 사람에게 끌려가면서도 머리를 젖히고 울부짖었다. 장 경위가 노인을 일으키는 것이 보였다.

 두 사람이 혜정을 끌고 간 곳은 사무실 안에 따로 마련되어 있는 회의실이었다. 잠시만 기다리시라고 한 여자가 밖으로 나간 뒤 금세 물 한잔을 들고 왔다. 영준은 울음을 멈추지 못하는 혜정의 입에 물컵을 가져다 대었다. 기울어진 잔에서 물이 흘러나왔지만 혜정은 한 모금도 마실 수가 없었다. 물은 그대로 혜정의 목덜미를 따라 흘러내려갔다.

 혜정은 영준의 손을 쳤다. 영준이 놓친 물잔이 땅바닥을 굴렀다.

 "왜? 왜 날 말려! 저놈이 우리 연희를 그렇게 만들었는데? 난 왜 아무것도 못 하게 해, 왜!"

 "어머님."

 여자가 혜정의 양손을 쥐었다. 빨간색 스웨터를 입고 있었고, 아래에는 검은 정장 바지였지만 구두가 아닌 운동화를 신고 있었다. 목에는 명찰을 걸고 있었지만 거기에 적힌 직함이나 이름 같은 걸 볼 정신은 없었다. 그녀도 형사인지 모른다.

"마음은 이해합니다. 하지만 조사를 해봐야 진상을 알 수 있어요. 오늘은 진정하시고……."

"당신도 딸이 죽었어?"

여자가 눈을 크게 떴다.

"이해? 당신도 딸이 납작하게 깔려 죽었느냐고? 그런데 나한테 이해를 말해? 진상? 진상이 뭐야. 우리 애가 죽었어. 그게 진상이야. 근데 왜 저 인간을 보호해. 왜!"

"어머님, 그건……."

영준이 여자의 어깨를 손으로 건드렸다. 여자가 뒤를 돌아보자 영준이 고개를 가볍게 가로 저었다. 여자는 잠시 뭔가를 생각하더니 눈을 내리깔고 혜정을 향해 묵례했다. 그러고는 일어나 밖으로 나갔다. 영준이 여자가 앉았던 자리를 다시 채웠다.

"여보."

혜정의 눈물은 멈추지 않았다.

"혜정아."

영준이 아랫입술을 꾹 깨물었다. 그 역시도 간신

히 고통을 참고 있다는 듯 혜정의 손을 쥔 손에 힘이 들어가 있었다.
 "우리 연희, 보내줘야지."
 혜정은 감았던 눈을 떴다. 그녀는 기가 막혔다. 왜 그래야 하는지, 왜 일이 이렇게 됐는지 알 수가 없었다. 뭐라 말하고 싶은데 단단한 뭔가가 막혀 목에서 꺽꺽거리는 소리만 나왔다. 그녀는 미칠 것처럼 몸을 뒤흔들었다.
 "안 돼. 못 보내."
 "정신 차려야 해. 우리가 정신 차려야 연희를 편안히 보낼 수 있어. 저 사람은 지금 조사 중이라잖아. 연희 잘 보내고 저 사람 처벌받도록 하려면 우리가 정신 차려야 해."
 혜정은 길고 긴 울음을 토해냈다. 영준이 그녀를 안아주었다. 비명을 지르고 싶었지만 목구멍이 막혀 그럴 수 없었다.

 영준의 차가 붉은 벽돌로 지어진 건물의 주차장

안으로 들어갔다. 조수석에서 내리며 혜정은 건물을 올려다보았다. '영인 장례식장'이라고 적힌 푯말이 생경하게 보였다. 분명히 글자는 눈에 들어오는데 그 말을 이해할 수가 없었다. 아침까지만 해도 그녀의 인생은 평소와 같았다. 그 쳇바퀴 속에서 자신이 왜 굴러떨어졌는지 알 수 없었다.

영준이 그녀의 등을 감싸 안고 들어갔다. 영준이 그녀를 이끈 곳은 장례식장의 사무실이었다. 안으로 들어서자마자 혜정은 눈을 감았다. 수의를 입은 마네킹이 서 있었다. 그걸 연희에게 입힐 거라고 생각하니 기가 막혔다. 창가에 테이블이 있었다. 영준이 혜정을 거기에 앉게 했다.

책상 앞에 앉아 있던 남자가 두 사람이 앉은 테이블로 다가왔다. 검은 정장을 입고 있었고 안에 입은 흰 셔츠가 눈에 띄게 깨끗했다. 남자는 두 사람을 향해 고개를 숙였다.

"삼가 고인의 명복을 빕니다."

혜정은 영준을 보았다. 영준이 그녀의 손을 잡았

다.

"연희 보내는데 결정해야 할 게 많아."

혜정은 눈을 질끈 감고 고개를 저었다. 이제는 못 한다고 말할 기운도 없었다. 자신을 여기에 데려온 영준이 원망스러울 뿐이었다.

"받아들여야 돼. 이게 현실이라는 걸 받아들여야 한다고. 그러려고 당신을 데려온 거야. 내가 해도 되지만 당신이 직접 잘 연희를 보내야 나중에 후회가 없을 것 같아서."

하, 혜정은 기가 막힌 한숨을 터트렸다. 그러나 영준의 말이 틀리지 않는다는 걸 알았다. 입술을 꾹 다물고 고통을 참았다.

둘의 대화가 끝나자 기다렸다는 듯 남자가 설명을 이어가기 시작했다.

오동나무로 만든 관은 비싸고, 수의는 합성섬유로 만든 것이 있는데 매장을 할 경우에는 썩지 않으므로 권하지 않는다. 하지만 화장을 하신다면 이것으로 하셔도 괜찮다. 상조에 따로 가입되어 있지 않다면 장례식장에서 고용된 아주머니들이 있다. 손님이 얼마나 오실지를 예상하시는 만큼 말해주신다면 그에 따라 인원을 보내드리겠다.

영준이 하나씩 선택해 나가기 시작했다. 가격을 물어보고 무엇이 좋을지 의견을 물은 다음 일정을 논의했다. 영준은 혜정이 의견을 내길 원하는 것 같지는 않았다. 그저 엄마로서 옆에 앉아 함께 하기를 바랐던 모양인가 보다. 혜정은 이상한 기분을 느꼈다. 조금 전까지만 해도 활활 타는 불구덩이 속에 있었는데, 지금은 차디찬 얼음 틀 속에 들어온 기분이었다. 영준은 현실을 알라고 자신을 여기에 앉혀 놓았을 테지만 하나씩 사무적으로 선택해 나가는 이 과정이 오히려 비현실적으로 느껴졌다.

모든 결정이 끝나고 영준을 따라 2층으로 올라갔다. 203호 팻말이 붙은 빈소 앞에서 걸음을 멈추었다. 벽에 붙어 있는 스크린에 연희의 이름이 떠 있었다. 그 앞에 붙은 故(고)자를 뚫어져라 바라보았다.

"들어가자."

영준을 따라 안으로 들어갔다. 아직 손님이 없어 접객실은 텅 비어 있었다. 거기를 가로질러 분향실 안으로 들어갔다. 정면에 연희의 사진이 있었다. 환하게 웃고 있는 연희의 뒤로 놀이기구가 보였다. 자이언트 드롭. 연희가 꼭 타고 싶어 했던 놀이기구였다. 겨울에 가야 사람이 없어 오래 기다리지 않아도 된다고 하도 졸라서 중학교 1학년 겨울방학 때 함께 놀이공원에 갔던 것이 기억이 났다.

"핸드폰에 있는 사진으로 했어."

영준의 목소리는 어딘가 멀리에서 들리는 듯했다. 연희가 너무 밝게 웃고 있어서 혜정은 천천히 앞으로 갔다. 손을 뻗어 연희의 사진액자를 들었다. 그리고 가슴에 꼭 안았다. 후회되는 것이 있다면 연희를 한 번 더 안아주지 못한 것이었다. 바라는 일이 있다면 연희를 한 번만 안아보는 것이었다.

"당신 핸드폰으로 현영 씨한테 문자 남겼어. 회사에는 현영 씨가 알아서 해줄 거야. 세희 씨한테도 문자 남겼으니까 당신 친구들한테는 세희 씨가 알아서 해줄 거고. 더 알려야 할 데 있으면 당신이 연락해."

영준이 휴대폰을 내밀었다. 혜정은 연희의 사진을 다시 국화꽃 사이에 놓았다. 영준의 말이 그건 연희가 아니라고 말하는 것만 같았다. 혜정은 영준이 내민 휴대폰을 받지 않았다.

"연우는?"

"재경이가 학교에서 데리고 올 거야."

재경은 영준의 여동생이었다. 고모인 재경은 조카인 연희와 연우를 무척이나 예뻐했다. 연우는 올해 고작 초등학교 2학년이다. 누나의 죽음을 그 어린아이가 이해할 수 있을까?

어쨌든 재경이라면 연우를 잘 챙겨 줄 것이었다. 지금은 머릿속이 너무 복잡했다. 아무런 생각도 하고 싶지 않았다. 그녀는 분향실 안쪽에 마련되어 있는 유가족 휴게실 안으로 들어갔다. 거기에 유가족을 위한 방이 있다는 건 3년 전 친정아버지가 돌아가실 때 알았다.

 잠을 자고 싶었다. 자고 일어나면 모든 것이 꿈일 것만 같았다. 무슨 낮잠을 그렇게 자느냐며 연희가 웃어줄 것 같았다. 저녁으로는 카레가 어떻느냐고 할지도 몰랐다. 연희는 카레를 좋아했다. 혜정이 토마토를 넣고 우유를 넣어 끓인 카레는 연희가 최고 좋아하는 음식이었다. 그 카레를 끓이고 싶었다.

 혜정은 바닥에 누워 몸을 웅크렸다. 울음이 터지는 것을 막을 수 없었다.

 얼마나 시간이 지났는지 알 수 없었다. 창밖으로 들어오던 햇빛이 여전한 걸 보아 많은 시간이 지난 것 같지는 않았다. 혜정은 몸을 일으켰다. 언제까지 이러고 있을 수만은 없었다. 연희를 보내는 일을 지금은 해내야만 했다. 밖에서는 두런거리는 소리가 났다. 손님들이 오기 시작했을 것이었다. 견뎌야 했다. 연희의 죽음도, 자신을 동정하는 시선도, 슬픔도.

 문을 열고 나갔을 때, 영준이 한쪽에 서서 누군가

와 악수를 나누고 있었다. 집들이에서 본 기억이 있다. 그는 영준이 다니는 회사의 동료였다. 뒤를 돌아 접객실로 나가려다가 문을 열고 나온 혜정을 보았다. 그는 고개를 푹 숙였다.

"뭐라 드릴 말씀이 없습니다. 제수씨, 힘내세요."

"와주셔서 감사합니다."

들릴락 말락한 소리로 간신히 말을 뱉었다. 그가 나가자 혜정은 영준의 옆으로 갔다. 영준이 그녀의 손을 다정하게 잡아주며 다른 한 손으로 이마에 손을 얹었다. 그녀가 병이라도 나는 건 아닐까 걱정한 모양이었다.

"연우는 조금 전까지 있다가 집으로 보냈어. 재경이가 챙길 거야. 걱정하지 마."

울지는 않더냐고, 누나의 죽음을 어떻게 받아들이더냐고, 몇 가지 질문들이 머리를 스쳤지만 하나도 입 밖으로 나오지 않았다. 혜정은 영준을 말끄러미 보았다. 턱에 수염이 푸릇하게 나 있었다. 얼굴은 꺼칠했고 눈 밑은 검었다. 두 눈덩이가 부풀어 있었다.

  그때 접객실 안으로 들어오는 사람이 있었다. 혜정은 그를 바로 알아보았다. 혜정이 정신을 잃었다가 눈을 뜬 병원에서 보았던 형사였다. 영준도 그를 알아보았는지 눈에 띄게 긴장하는 표정을 지었다. 그는 두 사람을 향해 묵례한 뒤 앞으로 나가 분향을 했다. 그가 절을 하는 동안 혜정은 영준의 옆에서 숨을 멈추고 기다리고 있었다.

"삼가 고인의 명복을 빕니다."

  형사가 혜정과 영준의 앞으로 와 고개를 숙였다.

"조사는 끝났나요?"

  형사가 혜정 쪽으로 고개를 돌렸다. 그는 조금 어두운 표정으로 잠시 눈을 내리깔았다가 말했다.

"아직 조사가 끝난 건 아닙니다."

"왜 이렇게 오래 걸려요?"

"저쪽에서 차량 결함을 주장하고 있어요. 브레이크를 밟았는데 차가 급발진했다고 합니다."

"그게… 무슨 소리에요?"

혜정은 눈을 부릅떴다. 자신은 잘못이 없다고 말한다는 건가? 경찰서에서 보았던 노인의 얼굴이 떠올랐다. 자기 앞에서는 대역죄인의 얼굴을 해놓고 뒤로는 빠져나갈 궁리만 했다는 소리로 들렸다. 그의 잘못이 아니라면 왜 우리 연희는 그 꼴이 되어야 했다는 말인가.

혜정의 목소리가 날카로워지자 형사는 다급히 설명을 덧붙였다.

"하지만 걱정하지 마세요. 사고 당시 뒤에 있던 차량의 블랙박스 영상을 입수했습니다. 거기에는 가해자 차량에 브레이크 등이 들어오지 않은 게 명확히 찍혀 있어요. 사고 당시 브레이크를 밟지 않았다는 증거가 될 겁니다. 지금 경찰은 운전 미숙으로 보고 있어요. 브레이크를 밟는다는 게 액셀을 밟은 것 같아요."

혜정은 그제야 숨을 쉴 수가 있었다.

"무조건 엄벌을 내려주세요. 절대 용서할 생각 없습니다. 꼭 부탁드리겠습니다."

"그리고······."

형사는 영준과 혜정을 번갈아 보았다.

"기자들이 올지도 모릅니다."

"기자요?"

영준이 눈을 휘둥그레 뜨며 물었다.

"이 사건이 뉴스로 보도되면서 화제를 일으켰어요. 앞길이 창창한 10대 소녀가 70대 노인의 운전 미숙으로 처참하게 사망했으니까요. 기자들이 올 겁니다."

영준은 곤란한 얼굴을 했지만 혜정은 고개를 내젓고 말했다.

"오라고 하세요. 우리 연희가 어떻게 허망하게 죽었는지, 누구 때문에 그렇게 됐는지 세상 사람들이 다 알게 제가 말할 거예요."

혜정은 누구와도 싸울 수 있을 것 같은 기분이었다.

3

 그 뒤로는 정신을 차리고 손님을 맞이 할 수 있었다. 슬픔이 옅어졌다거나, 그걸 억누를 힘이 생긴 것은 아니었다. 영준의 말이 맞았다. 정신을 차리고 현실을 똑바로 봐야 했다. 그런 생각이 든 것은 형사가 했던 말 때문이었다. 가해자는 그 사고를 차량의 결함으로 몰아가려고 했다. 뻔히 증거가 있는데도 거짓말을 하다니, 그런 인면수심이 없었다. 절대 합의하지 않을 것이었고 엄벌 탄원서도 제출해야겠다고 생각했다.
 아무리 그렇대도 계속 냉정을 찾을 수 있었던 것은 아니다. 문득문득 연희의 웃음이 떠올랐고, 그것과 대비되어 핏기 하나 없는 연희의 얼굴이 떠올랐다. 뭉개진 가슴팍은 보지 않는 것이 나았을지도 모른다. 하지만 곧 고개를 저었다. 연희가 어떻게 갔는지, 어떤 아픔을 겪었는지 자신의 뼈마디 하나하나에 다 새겨 넣을 생각이었다.

가장 먼저 와준 것은 친구 세희였다. 세희는 들어오자마자 혜정을 안아주었다. 내내 참던 눈물이 터졌다. 무너지지 않으려고 했지만 그 결심은 공고하지 않았다. 둘이 함께 오열하며 부둥켜안는 모습에 접객실에 있는 손님들도 숙연해지지 않을 수 없었다.

연희의 같은 반 학생들이 담임선생님의 인솔로 왔을 때는 쉽게 무너져 버렸다. 그 아이들 속에 연희가 없다는 걸 눈으로 보는 것은 혜정의 상처를 불태우고 찢어발기는 고통을 남겼다. 연희와 친했던 친구들이 특히나 눈이 부어 있었는데, 혜정은 이를 악물고 그 아이들을 위로했다. 혜정에게도 익숙한 얼굴의 친구 하나가 혜정을 안아주어서 눈물을 쏟아냈다.

그 뒤로 오는 손님들의 위로를 받으며 혜정은 간신히 시간을 버텨나갔다. 자정이 넘어서자 찾아오는 손님들이 줄었다.

"당신은 들어가서 눈 좀 붙여."

영준이 말했다. 그 역시도 굉장히 피곤한 기색이었다. 혜정은 대답 없이 고개를 저었다. 잠이 올 것 같지도 않았다. 물끄러미 연희의 사진을 올려다보았다. 그 사진이 연희가 아님을 알지만, 연희는 지금 차디찬 영안실에 혼자 누워있음을 알지만, 그래도 자신이 이 자리를 떠나면 연희를 혼자 두는 것만 같았다. 그럴 수는 없었다.

그때 바깥이 소란스러워졌다. 단순히 손님들이 오는 소리가 아니었다. 뭔가의 소란이 난 것 같았다. 혜정과 영준은 서로를 바라보았다. 그 소리가 점점 커져 이쪽으로 오는 것 같았다. 플래시가 터지는 소리가 혜정의 귀를 파고들었다. 기자들이 왔다는 것은 알고 있었지만 아직 가지 않은지는 몰랐다.

영준과 인터뷰를 하고 다들 돌아간 걸로 알고 있었는데 그게 아닌 모양이었다.

영준이 자신이 보고 오겠다며 일어설 때였다. 분향실 안으로 한 남자가 들어왔다. 검은 정장에 어두운 색의 넥타이를 매고 있었다. 한 손에는 각진 서류 가방을 들었다. 영준의 회사 사람을 모두 아는 것은 아니지만 혜정은 그가 일반적인 손님이 아니라는 직감이 들었다. 그걸 증명하듯 뒤로 두 사람이 나 더 따라 들어왔다. 그중 한 명의 얼굴을 본 혜정의 얼굴이 일순 싸늘하게 굳었다. 혜정은 그를 알아볼 수 있었다. 어떻게 알아보지 못할까. 연희를 그렇게 만든 악마인데.

노인은 완전히 고개를 숙인 상태였다. 뒤에 따라온 여자는 혜정과 나이가 비슷해 보였다. 안으로 들어서 정중히 인사를 했다. 기자들이 뒤에서 사진을 찍어댔다.

노인이 혜정과 영준의 앞에서 무릎을 바닥에 대었다. 엉덩이는 완전히 발에 대지 않은 엉거주춤한 자세였다. 무릎이 좋지 않은 건지도 모른다. 그는 땅바닥에라도 댈 것처럼 머리를 조아렸다.

"아빠."

따라온 여자는 노인의 딸인 것 같았다. 혜정은 그녀를 일별하고 나서 노인을 쏘아보았다.

"여기가 어디라고 와요? 당장 돌아가요!"

"정말 잘못했습니다. 죽을죄를 지었습니다."

혜정은 기가 막혔다. 하! 하고 거친 숨을 터트렸다.

"죽을죄? 그래서 차에 문제가 있다고 거짓말을 했어요?"

"그건 제가 잘못 알았습니다. 전 정말로 브레이크를 밟았다고……."

그 말에 끓어오르는 분노가 터져 버렸다. 혜정은 노인의 앞에 털썩 주저앉아 그의 웅송그려진 어깨를 잡고 쥐어뜯듯이 흔들어 댔다.

"죽고 싶으면 당신이나 죽어야지! 왜 운전도 못하면서 차를 끌고 나와. 우리 연희 살려내! 살려내라고!"

 혜정은 입을 벌리고 억울함을 토해냈다. 그렇게 하지 않으면 살 수 없을 것 같았다. 잔뜩 찢긴 오장육부를 토해내지 않으면 자신이 터져 버릴 것 같았다. 영준이 그녀의 어깨를 당기며 말리는 바람에 혜정은 완전히 뒤로 드러누워 버렸다. 상복의 상의가 위로 들어 올려지고 치마가 벌어졌지만 그런 건 하나도 상관하지 않았다. 그녀의 쏟아지는 눈물 위로 플래시 세례가 터졌.

 "정말 잘못했습니다. 죽을 때까지 죄를 사죄하고 살겠습니다."

 노인의 그 말에 혜정은 눈을 번쩍 떴다. 분노로 휘황한 눈을 뜨고 상체를 벌떡 일으켜 앉았다. 주먹으로 노인의 어깨를 힘껏 내리쳤다.

 "당신이 살아갈 세월하고, 우리 연희의 시간하고 같아? 우리 연희가 뭐가 될 줄 알고? 우리 연희는 좋은 애로 컸을 거야. 대학을 가고 자기가 하고 싶은 일을 찾아갔겠지. 연애도 했을 거야. 행복하지 않을 이유가 없는 아이였다고!"

"어머님."

노인의 딸이 와서 말리듯 그녀의 어깨를 잡았다. 혜정은 그 손을 간단히 내치고 노인에게 퍼붓던 말을 이었다.

"얼마나 반짝이면서 살아갔겠어! 자기 일을 하면서 살았을 거야. 그 애가 이 나라에 어떤 일을 해 줄 줄 알고! 그 애가 어떤 사람이 됐을 줄 알고? 그 애가… 그 애가…. 그 애가 낳았을 아이는 또 얼마나…."

혜정은 말을 이을 수 없었다. 그 아이의 모든 가능성을 이 노인이 빼앗았다. 사죄하고 살겠다는 이 노인의 시간을 빼앗아 연희에게 줄 수만 있다면 모든 것을 하고 싶었다.

"잘못했습니다. 잘못했습니다."

"그럼 우리 연희 살려내! 우리 연희 살려내란 말이야."

"어머님, 저희 아버지도 정말 괴로워하고 계세요.

아마 평생을 죄지은 마음으로 사실 겁니다."

노인 딸의 말에 혜정이 눈을 부릅떴다.

"죽을 날만 기다리며 살 이 노인네하고 우리 연희 인생하고 똑같아?"

"말이 좀 지나치신 거 아니에요?"

여자의 목소리가 분향실 안을 쨍하니 울렸다. 갑자기 모든 소리가 잦아들었다. 소리를 지른 여자는 자신이 실수했다고 생각하는지 눈을 깜빡이며 시선을 피했다. 혜정은 여자를 똑바로 노려보았다. 줄줄 흐르는 눈물을 닦을 생각도 나지 않았다.

"지나쳐? 당신은 이게 지나쳐? 내 아이가 죽었는데?"

여자가 낮은 한숨을 쉬며 말했다.

"실수잖아요. 저희 아버지가 실수로……."

"실수?"

그 말은 하지 말았어야 했다.

혜정은 그녀의 **뺨**을 후려갈겼다.

"여보!"

놀란 영준이 다가와 그녀를 말렸지만 혜정은 몸을 비틀어 영준의 팔을 뿌리쳤다.

"실수는 남의 발을 밟은 게 실수야. 물을 엎지른 게 실수라고! 누굴 죽이는 게 아니라!"

영준이 그사이에 끼어들었다. 혜정은 계속 연희를 살려내라며 소리를 질렀고 영준은 무릎을 꿇고 앉은 노인과 그의 딸, 그리고 함께 온 남자의 앞에 섰다.

"오늘은 이만 돌아가 주시죠."

"뭐가 오늘은 이만이야? 다시는 눈앞에 띄지 마!"

영준은 혜정을 잠깐 돌아본 뒤, 엄중한 눈으로 세 사람을 응시했다. 돌아가라는 단호한 말과 다르지 않았다. 머뭇거리던 변호사가 가방에서 명함을 꺼내 내밀었다.

"혹시 합의 생각이 있으시면……."

"가라고!"

영준이 목소리를 높였다. 노인의 딸이 낮게 고개를 가로젓더니 자신의 주머니에서 명함을 꺼내 변호사의 것과 함께 바닥에 놓았다.

"하실 말씀 있으시면 언제라도 연락주세요."

그것은 대화할 마음이 있다면, 그러니까 합의를 할 생각이 있다면 연락을 달라는 뜻이었다. 아무도 그 명함을 집으려 하지 않았다.

새벽부터 기사가 쏟아졌다. 혜정은 그 기사들을 물끄러미 보았다. 모두 연희의 죽음을 안타까워하고 있었다. 하지만 이게 다 무슨 소용일까 싶었다.

"여보."

영준의 말에 고개를 들었다. 영준의 옆에 한 남자가 서 있었다. 잘 정돈된 머리에 제대로 차려입은 정장, 그리고 한 손에 들고 있는 각진 가방. 어제의 그 남자인가 잠시 착각할 정도였다.

"내 친구 윤성이. 지금 변호사로 일하고 있어."

벽에 기대어 앉은 혜정의 앞에 윤성이 무릎을 굽히고 앉았다. 그는 그 앞에 명함을 내려놓았다. 한 번쯤 혜정이 들어본 법무법인의 이름이 찍힌 명함이었다. 혜정은 몸을 틀고 앉아 그 명함을 두 손으로 들었다.

"뭐라 위로를 드려야 할지. 삼가 고인의 명복을 빕니다."

고개를 숙이는 그의 앞에서 혜정 역시 고개를 숙였다.

"우리를 도와줄 거야."

영준의 말에 혜정은 퉁퉁 부은 눈을 그에게로 돌렸다. 윤성이 말했다.

"어젯밤에 여기에 가해자들이 온 걸로 알고 있습니다. 아마 법정에서 유리한 쪽으로 정상참작을 받기 위해 왔을 겁니다."

"유리한?"

"네. 재판에서 반성의 태도를 보인다는 것은 아주 중요한 일이니까요."

차가운 분노가 가슴 속에 일렁였다. 그 모든 게 쇼였다는 것에 정신이 번쩍 들었다. 벌써부터 저쪽은 빠져나갈 생각만 하고 있었다. 벌을 적게 받게 할 수는 없다. 이쪽은 한 인생이, 아니 우리 가족 모두의 인생이 망가져 버렸다. 자신이 정신을 차려야 한다고 생각했다. 그래야만 억울한 연희의 한을 조금이나마 삭힐 수 있을 터였다.

"제가 뭘 하면 되죠? 말씀해주세요."

"사실 저쪽에서 합의 제안이 들어왔습니다."

혜정은 얼굴을 일그러트렸다. 단호하게 말했다.

"합의는 없어요. 백억, 천억을 가지고 와도 절대 합의하지 않을 거예요."

그런 게 우리 연희를 살릴 수는 없었다. 어디서 감히, 감히 돈 이야기를 하는 저치들에게 터질듯한 분노가 치밭혔다. 지난밤 그대로 보내면 안 됐던 거였다. 어떤 처벌을 받더라도 찢어발겨 죽였어야 했다.

윤성이 영준을 보았다. 둘이 뭔가 한 이야기가 있었는지 시선이 오갔지만 혜정은 미처 거기에 신경 쓰지 못했다. 영준이 낮게 고개를 저었다. 윤성이 일어섰다.

"재판까지는 조금 시일이 걸릴 수 있습니다. 궁금

한 것이 있으면 언제라도 연락주세요."

"감사합니다."

혜정은 고개를 숙여 인사했다.

장례를 마치고 돌아온 집은 이루 말할 수 없는 서늘함이 있었다. 어렵게 내 집 마련을 해 온 가족이 짜장면을 시켜 파티하던 날이 떠올랐다. 이제 자신의 방이 있다면서 가장 좋아하던 것은 연희였다. 그 전까지만 해도 방이 두 개밖에 없어서 남동생인 연우와 함께 쓰게 했던 것이다. 혜정은 이 집을 자신의 마지막 집이라고 생각했다. 여기서 아이들을 키우고, 연희를 결혼시키고, 연우가 군대를 다녀올 거라고 생각했다. 아이들이 모두 독립하고 나면 이 집에 영준과 둘이 남아서 단란하게 살게 될 거라고 생각했다. 그렇게 마음에 들던 집이 이제는 지옥이 되어버렸다.

혜정은 현관문을 열고 들어와 곧장 연희의 방으로 향했다.

"여보."

영준이 불렀지만 돌아보지 않았다.

안으로 들어가자 연희의 냄새가 온몸으로 그녀를 맞이했다. 침대 위의 이불은 아침에 연희가 일어났던 그대로 구겨져 있었다. 아침에 일어나 이불 정리는 꼭 하라던 잔소리를 연희는 매번 어겼다. 미안, 이라고 하며 그 작은 혀를 쏙 내밀면 나던 화도 사그라들었다. 혜정은 연희의 냄새가 듬뿍 묻어있는 침대에 쓰러지듯이 엎드렸다. 눈물은 말라붙지 않는 것 같았다. 모든 몸의 수분이 모두 눈물이 되어 흘러내렸다. 이 방에 오니 더욱 피부로 실감되었다. 이제는 연희가 없다는 것이. 혜정은 비명을 지르며, 악을 쓰며, 몸을 비틀며 울어댔다.

그럼에도 시간이 지나갔다. 해가 기울어 연희의 방 창문으로 비치던 햇살들이 구석으로 스멀스멀 움직이다 사라졌다. 그녀의 얼굴 위에도 어둠이 가라앉기 시작했다. 혜정은 연희의 침대에 앉은 채로 벽에 기대어 있었다. 그녀는 생각하고 있었다. 이것이 진짜인지, 꿈일 수는 없는 건지, 다시 돌이키려면 어떻게 해야 하는지. 그런 생각들이 끝내는 그녀를 거슬러 올라가게 했다. 왜 일이 이 지경이 됐는지.

문이 조심스럽게 열렸다. 연우는 제 고모가 데리고 있을 것이기 때문에 문을 연 것은 영준일 터였다. 그녀는 돌아보지도 않고 눈을 정면에 두고 있었다. 그런 그녀의 얼굴은 이루 말할 수 없이 무표정했다. 영준은 조심스럽게 다가와 말했다.

"뭐라도 먹어야지."

"……"

"당신 벌써 사흘째야. 사흘째 물 한 모금도 안 마시고 있다고."

"당신 때문이야."

"뭐?"

혜정은 영준에게로 고개를 돌렸다. 아니, 책임을 돌렸다.

"연희가 그날 데려다 달라고 했잖아. 하루만 데려

다 달라고."

 누군가 구겨서 내던진 종이처럼 영준의 얼굴이 한순간에 일그러졌다. 꾹 주먹을 쥐는 모습이 보였다.

 "나 때문이라는 거네."
 "틀려?"

 그날 데려다 달라던 연희의 애교를 혜정은 똑똑히 기억하고 있었다. 영준은 평소 아이들을 학교에 잘 데려다주지 않았다. 부모라면 자립심을 길러주는 것이 당연하다는 말을 입에 늘 달고 살았다.

 "다른 애들은 다 데려다줘."

 연희가 입술을 비쭉 내밀었다. 애교가 안 되면 항의라도 해보려는 심산이었을 거다. 그런데도 영준은 차가웠다.

 "네가 조금만 일찍 일어나면 충분히 스스로 할 수 있는 일이잖아. 늦게 일어난 건 네 탓이야. 거기에 대한 책임도 질 줄 알아야지."

 핏, 하는 소리를 냈다. 연희는 화를 낼 줄도 모르

는 아이였다. 남들이 다들 겪는다는 중2의 사춘기도 연희에게는 먼 이야기였다.

"간다."

퉁명스럽게 뱉는 그 한마디가 연희가 하는 항의의 전부였다. 그리고 그 말이 마지막 말이 되고 말았다.

"다녀오겠습니다, 했으면 왔을지도 몰라."

얼토당토않은 생각인지도 몰랐지만 혜정은 그렇게 말했다. 상처가 무서워서 상처를 주고 있다는 것을 알았다. 머리로는 영준도 그리될 줄 모르고 한 일이라는 걸 알지만 원망하지 않으면 버틸 수가 없었다.

영준이 두 손으로 얼굴을 쓸어내렸다.

"나도 그것 때문에 괴로웠어. 나 때문에 죽은 건 아닐까. 내가 데려다줬으면 살았을 텐데! 나는 그런 생각을 왜 안 했겠어! 나도 너무 죽고 싶어!"

"죽어, 그럼!"

"뭐?"

"괴롭다며? 그럼 죽으라고!"

"꼭 이렇게까지 말해야겠어?"

"왜? 그런 소리는 듣기 싫어? 애들이 자립심이 없으면 얼마나 없다고 그걸 안 데려다줘? 애들이잖아. 매일도 아니고 하루였어. 그 정도는 들어줘도 되잖아?"

"내가 알고 그랬냐고!"

"죄책감은 들어? 미안은 해? 연우는 왜 고모한테 보냈어? 누나가 죽었는데 왜 슬퍼할 시간을 안 줘? 함께 보내게 했어야지."

"연우는 아직 어려."

"왜? 어린데 상처받으면 자립심이 안 생길까 봐? 그 잘난 자립심이 뭔데? 그게 뭔데 우리 연희를 죽였어!"

그렇게 발악하며 소리친 순간 혜정의 목이 뒤틀렸다. 영준이 기어이 손을 들었다. 후끈거리는 뺨이 차라리 시원하게 느껴졌다.

"여, 여보."

당황한 건 오히려 영준이었다. 그는 혜정의 뺨을 올려붙인 손을 주춤거리며 어쩔 줄 몰라 하고 있었다. 혜정은 그의 멱살을 움켜쥐었다.

"때려! 아니, 차라리 날 죽여! 그렇게 해서라도 연희가 돌아온다면 날 죽이라고!"

"그래, 내 잘못이야! 내가 연희를 죽였어! 그러면 됐지?"

영준이 혜정의 팔을 힘껏 잡아 떨어트렸다. 그의 얼굴이 고통으로 얼룩져 있었다.

"전부 다 내 잘못이야. 나도 알아. 나도 죽고 싶어. 연희 소식을 들은 내내 그랬어. 나만 아니었다면 연희가 그렇게 되진 않았을 거라고. 나도 죽고 싶다고."

영준이 땅바닥에 털썩 앉아 울음을 터트렸다. 연희가 죽고 나서 처음 터진 눈물이었다. 혜정은 영준의 앞에 앉았다. 약하디약한 주먹으로 영준의 가슴을 쳤다.

"왜 그랬어. 왜 그랬어."

영준이 그녀를 안았다. 둘은 서로를 안고 한참을 울었다. 서로를 상처 내고 그 고통에 몸부림치며 아픔을 잊어보려 노력했던 밤이었다.

4

"그게 무슨 소리예요?"

혜정의 목소리가 날카롭게 공기를 갈랐다. 점심을 먹고 회사로 복귀하는 걸로 보이는 직장인들이 벤치에 앉아 있는 혜정을 흘끗거리며 지나갔다. 그런 시선에 신경 쓸 정신은 없다. 지금 자신이 들은 소리는 혜정을 완벽히 분노케 했다.

"우리 애는 죽었는데, 그 살인자는 집에서 다리 뻗고 잔다는 게 말이……."

말을 끝맺지도 못할 정도로 커다란 불덩이가 목구멍을 막았다. 연희를 떠나보낸 지 일주일째였다. 경찰로부터 아무 연락도 없어서 조사는 어떻게 되어 가고 있는지 확인하기 위해 전화한 터였다. 전화를 받은 장 경위는 아직 조사 중이라고 했다.

"그러면 그 사람은요?"

"불구속 상태에서 조사하고 있습니다."

말도 안 된다고 생각했다. 연희는 차에 몸이 짓이겨지고 불에 활활 타 한 줌 재가 되어버렸는데 그렇게 만든 인간은 지금 집에서 편히 살고 있다는 걸 받아들일 수가 없었다. 억울하고 원통했다.

혜정의 항의에 장 경위는 자신들도 어쩔 수 없다며 들으라는 듯 한숨을 내쉬었다.

"노인이잖아요. 단순 운전미숙이고. 범행도 인정하는 데다 주거지도 명확해서 구속할 요건이 안 돼요."

혜정은 전화를 끊어버렸다. 뭐라고 더 말을 해도 자신이 원하는 답은 주지 못할 게 분명했다. 그래, 자신이 원하는 바는 상대도 불행해졌으면 하는 거였다. 연희가 받은 고통을, 혜정의 온몸이 해체되는 충격을 그도 느끼길 바랐다. 그러나 법은 그러지 못했다. '단순 운전미숙' 그 단어가 혜정을 무겁게 내리눌렀다. 그 단어가 그 사람을 자유롭게 해줄까 봐 겁이 났다. 피가 나리만치 아랫입술을 꾹 깨물었다. 전화가 울려서 정신을 차릴 수 있었다. 전화를 걸어온 것은 함께 일하고 있는 현영이었다.

"무슨 일 있어?"

혜정은 마음을 가다듬기 위해 눈을 꾹 감았다. 그녀는 오늘 출근했다. 센터장은 휴가를 내고 며칠 쉬라고 했지만 혜정이 극구 출근을 했다. 그녀도 일을 못 할 것 같긴 했다. 그런데 하루 정도 쉬고 보니 미칠 것 같았다. 아침이 되면 연희가 늦었다며 자신의 방에서 뛰어나올 것 같았고, 문자가 울릴 때마다 깜짝깜짝 놀랐다. 연희는 학교 끝났다고, 학원 간다고, 자주 문자를 해왔기 때문이었다. 연희가 돌아올 시간이 되어도 열리지 않는 문에 오장육부가 찢겨 나가는 것 같았다. 연희가 없다는 실감이 들 때마다 살아있는 자신이 죄스럽게만 느껴졌다.

그래서 오늘 출근을 했지만 일이 손에 잘 잡히지

않았다. 그래도 꾸역꾸역 시간은 흘러갔다. 점심시간이 됐지만 그녀는 밥을 먹으러 가자는 현영의 애원을 거절하고 밖으로 나온 터였다. 자신이 자리를 지키고 있으면 다른 직원들이 눈치를 볼 테니까 나오는 것이 좋을 것 같았다. 점심시간이 지났는데도 혜정이 돌아오지 않자 걱정이 된 현영이 전화를 걸어온 것이었다.

"아냐. 지금 들어갈게."

혜정은 빠르게 걸어 주민센터 안으로 들어갔다. 책상에 앉으며 옆에 걸어두었던 가방에 지갑을 넣으려는데 뭔가가 눈에 들어왔다. 각지고 빳빳한 그것은 명함이었다. 꺼내어 보니 두 장의 명함 중 하나는 변호사사무소의 것이었고 다른 한 장은 '피타고라스 학원'이라고 적혀 있었다. 강사 노지영. 이름 옆에는 전화번호가 적혀 있었다. 그 이름을 보며 그날 보았던 노인의 딸을 떠올렸다. 이 명함이 왜 자신의 가방에 들어있는지 알 수 없었다. 자신이 넣은 것은 아니었다. 영준이 넣었을 수도 있고, 그날 거기에 있던 친지들 중 한 명이 주워 넣은 건지도 모른다. 혜정은 명함을 한 손으로 간단히 구겼다. 쓰레기통에 던져 넣으려 하는 순간, 손을 멈칫했다.

혜정은 컴퓨터 화면을 보았다. 주민센터 전산망에는 이름만 있어도 주소를 알 수 있었다. 전화번호가 있으니 동일인을 찾는 것은 더 빠를 터였다. 무슨 생각인지 자신도 모르는 채 뭔가에 홀린 듯 프로그램에 이름과 전화번호를 입력해 넣었다. 조회 버튼 위에 마우스 커서를 올려둔 채로 화면을 노려보았다. 개인적으로 남의 정보를 찾는 것은 명백히 불법이었다. 하지만…….

"뭐해?"

옆에 앉은 현영이 속삭이며 그녀를 일깨웠다. 그녀는 퍼뜩 정신을 차리며 옆을 돌아보았다. 번호표를 뽑은 사람들이 자신을 응시하고 있었다.

"아, 응."

그렇게 말하고 화면을 봤을 때 혜정은 놀랐다. 자신이 입력해 넣은 가해자 딸의 이름과 전화번호가 일치하는 사람의 정보가 화면에 떠 있었기 때문이다. 현영이 갑자기 부르는 바람에 놀라서 조회 버튼을 누른 모양이었다. 혜정은 빠른 손으로 거기에 나온 집 주소를 명함에 옮겨 적었다.

책상 위에 올려진 작은 기계의 버튼을 눌러 다음 번호를 호출했다. 잠깐 기다리는데 아무도 오지 않아 고개를 들었다. 80은 넘어 보이는 노인이 지팡이를 짚고 천천히 걸어오고 있었다. 혜정은 손가락 끝으로 책상을 두드렸다. 짜증스럽게 아랫입술을 잘근거렸다.

"이거……."

가까이 다가온 노인이 휴대폰을 대뜸 내밀었다. 혜정이 물었다.

"무슨 일 때문에 오신 건데요?"

"이것 좀 봐줘. 이거."

미간을 찌푸리며 노인의 휴대폰을 내려다보았다. 페인트칠이 다 벗겨진 3단 서랍장 사진이었다. 무슨 용무 때문에 왔는지 알 것 같았지만 혜정은 일부러 물었다.

"이거 뭐요?"

"이걸 버리려는데……."

노인의 말이 끝나기도 전에 앞에 놓인 트레이에서 폐기물 신청 용지를 꺼내 창구 위에 올렸다.

"주소랑 품목이랑 써서 내세요."

"아, 그게……."

노인이 우물거렸다. 혜정이 눈을 치떴다. 노인이 목소리를 죽여 조심스레 말했다.

"내가 글을 못 써서……. 대신 좀 써주면 안 될까?"

"이건 본인이 쓰셔야 하는 거예요. 저희가 이런 거 대신 써주는 사람이 아니라고요. 쓸 줄 모르시면 자제분을 보내셔야지, 자제분은 없어요?"

날카로운 목소리가 공중을 차고 올랐을 때, 혜정은 공기가 싸늘하게 변하는 것을 느꼈다. 문득 고개를 돌리고 보니 민원인들이며 직원들의 눈이 다 자신에게로 향해 있었다. 곱지 않은 시선이라는 것을 알 수 있었고, 곱게 볼 상황이 아니라는 것도 알았다. 그들에게 자신이 어떻게 비칠지 혜정은 알았다. 그리고 지금 자신이 화풀이하는 거라는 것도. 지금 그녀에게 노인은 미숙해서 어떤 사고를 낼지 모르는 사람이었다.

현영이 빠르게 다가왔다.

"내가 할게. 안에 들어가서 시원한 거 한잔 마시고 있어."

혜정이 움직이지 않자 현영이 달래듯 그녀의 등을 쓸었다.

"얼른. 응?"

노인이 미안하다는 듯한 표정을 하고 있는 게 더 그녀의 마음을 일그러트렸다. 혜정은 눈을 질끈 감고 돌아섰다. 그러고는 탕비실 안으로 걸어 들어갔다. 뒤에서 현영이 조금 전 노인을 응대하는 소리가 들렸다. 다른 사람들도 자신들의 용무로 돌아갔다. 모든 것이 정상으로 돌아가고 있다. 그녀만 내버려두고.

탕비실 안으로 들어간 혜정은 테이블 의자에 털썩 주저앉았다. 머리를 감싸 안았다. 문이 열리는 소리가 들렸다. 돌아보지도 않고 말했다.

"나도 내가 잘못한 거 알아. 그러니까 아무 말도 하지 말아줘."

"알면 집에 가 있어."

혜정은 눈을 떴다. 당연히 현영일 거라고 생각했는데 아니었다. 고개를 들어보니 센터장이 그녀를 엄중한 얼굴로 내려다보고 있었다. 조금 전 상황을 모두 보았을 터였다. 혜정은 얼른 자리에서 일어나 고개를 숙이고 센터장 앞에 섰다.

"죄송합니다."

"사과를 받아야 할 건 내가 아니지."

혜정은 할 말이 없었다. 지금 나가도 조금 전 그녀가 불친절하게 응대했던 노인은 돌아가고 없을 터였다. 혜정이 아무 말도 없자 센터장이 그녀의 어깨 위에 손을 얹었다.

"무슨 심정인지 알아. 나도 자식이 있으니까."

혜정은 아무런 대답도 하지 못한 채 고개만 더 숙였다.

"하지만 민원인들은 아니야. 그런 걸 알 수도 없으니까 이해해줄 수도 없어. 사정을 모르는 사람들에게 혜정 씨 화풀이를 하는 걸 센터장으로 그냥 두고 볼 수 없어. 그러니까 휴가계 내고 좀 쉬어. 이건 제안이나 부탁이 아니야. 무슨 소린지 알지?"

혜정은 변명하지 않았다. 고개를 숙였다.

집으로 돌아왔을 때 영준과 연우는 주방에 있었다. 거실에는 음식 냄새가 가득했다. 안으로 들어가 보니 영준과 연우가 짜장면을 먹고 있었다. 연우의 입가에 짜장이 잔뜩 묻어있었다. 입으로는 음식을 가득 우물거리며 가운데에 놓인 탕수육에 손을 뻗었다. 그 모습이 아귀처럼 보였다. 자신은 온종일 아무것도 먹지 못했다. 물을 넘기는 것도 고달팠고, 죄스러웠다. 일에도 집중하지 못하고 결국 쫓겨나듯 나왔다. 자신은 이렇게나 엉망이 되어 있는데 영준은 아닌 것 같았다. 영준은 짜장면을 입에 넣다가 혜정을 발견하고 젓가락을 내려놓았다. 혜정이 그들을 싸늘한 눈길로 쳐다보았다.

"맛있니?"

연우가 눈을 껌벅거리더니 고개를 숙이며 젓가락을 내려놓았다. 죄라도 지은 아이 같았다. 혜정은 말도 없이 아이를 지나쳐 안방으로 들어갔다. 닫히는 문을 벌컥 열고 영준이 따라 들어왔다.

"하루 종일 굶다가 이제야 한 끼 하는 거야. 연우도 먹여야 하잖아."

"먹어."

말투가 고깝게 나온다는 걸 혜정도 인지하고 있었다. 그래도 가슴속에 화가 드글거리는 것을 어찌할 수 없었다. 침대에 털썩 앉으며 영준을 외면했다. 영준은 뭔가 말을 하려다 말고 답답하다는 듯이 큰 한숨을 내쉬었다. 영준이 화장대 의자를 끌고 와 혜정의 앞에 놓고 앉았다.

"할 말이 있어."

그 목소리가 너무 무거워 혜정은 문득 불안해졌다. 왠지 듣고 싶지 않은 이야기를 할 것 같았다. 영준의 얼굴도 단호하게 굳어져 있었다.

"상대가 공탁을 걸었어."

혜정은 눈을 크게 뜨고 영준의 얼굴을 보았다. 영준이 한 말이 분명 귀에는 들렸는데 머릿속으로 잘 받아들여지지 않았다. 한참 눈을 깜박인 후에야 말을 할 수 있었다.

"합의는 안 한다고 했잖아."

"알아. 합의는 없다고 분명히 못을 박았어. 그래서 상대에서 공탁금을 건 거야."

'공탁'이라는 단어를 들어본 적은 있었다. 그런데 그걸 걸면 어떻게 되는지, 그게 무엇을 뜻하는지를 알지 못했다. 그것에 대해 자세히 알만한 삶을 살지도 않았고 그러고 싶지도 않았다. 관심도 없을 단어가 자신의 것이 된 게 너무나 생경했다.

"공탁을 걸면 우리가 받을지 말지 정해야 돼. 받으면 합의가 되는 거고 안 받으면 자동으로 국가에

귀속돼."

"그걸 뭘 물어? 당연히 안 받아야지!"

"그 문제로 윤성이와 얘기해봤어."

윤성이가 누군지 잠시 알아듣지 못했다. 장례식장에 왔던 변호사 친구의 얼굴이 떠올랐다. 영준은 이미 그와 상의를 한 것 같았다. 영준의 말투는 혜정과 '의논'하고 있지 않다는 걸 그녀는 깨달았다. 이미 변호사와 '의논'을 한 것이다. 혜정에게는 통보하는 중이었다.

"물론 안 받으면 합의에 이르지는 못한 것이 돼. 그래도 상대는 피해 복구를 위해 최선을 다했다고 재판에서 참작 받을 가능성이 농후하대."

하! 하고 혜정은 웃었다.

"피해 복구? 얼마를 걸었는데? 얼마면 복구가 된대?"

영준은 잠시 입을 다물었다.

"얼만데?"

혜정이 재차 물었다.

"5천만 원."

눈앞이 일그러지는 것 같았다. 기가 막혀 말도 나오지 않았다. 사람이 죽었다. 그것도 앞날이 창창한 아이가 죽었다. 그런데 고작 5천만 원이라니. 정신이 어떻게 된 거 아닌가? 그런 걸로 처벌을 피할 수 있다면 누구라도 사고를 내고도 죄책감 없이 살아갈 수 있다는 거 아닌가!

이어지는 영준의 말은 더 기가 막힌 것이었다.

"연희 장례식에 가해자가 온 것도, 깊이 반성하고 있다고 받아들여질 거래. 사고 자체도 단순 운전미숙이고, 초범이라 징역형을 최대로 받아봐야 1, 2년이래."

혜정은 입을 벌렸다. 연희의 인생은 통째로 날아갔는데 징역 1, 2년이라는 게 믿어지지 않았다.

"그래서."

영준이 더 할 말이 있는 거 같았다. 여기서 더 기가 막힌 얘기를 한다면 자신은 제정신으로 있지 못할 것이었다. 시뻘게진 눈으로 영준을 보았다.

"그 5천만 원 받으면 어떨까 해."

"뭐?"

말도 안 되는 소리를 연거푸 들으니 머릿속이 하얗게 비었다. 혜정은 자신의 눈앞에 있는 영준이 생경했다. 자신이 알고 있는 사람이 맞는지 헷갈렸다. 딸바보라고 소문이 날 정도로 연희의 일이라면 친구들과의 술자리도 마다하고 달려오던 사람이었다. 연희와 용돈 문제로 다툼을 할 때 뒤로 찔러 넣어주며 연희의 마음을 풀어주던 것도 영준이었다. 눈앞의 이 남자가 자신이 알던 사람과 같은 사람인가. 너무 기가 막혀 헛웃음이 터졌다.

"지금 연희의 목숨값을 받자는 얘기야?"

"그런 얘기가 아니야."

"뭐가 아니야!"

혜정의 얼굴이 벌겋게 달아올랐다. 목에는 힘줄이 툭 불거졌다. 눈앞에 있는 남자가 괴물처럼 느껴졌다. 소름 끼치고 무서웠다. 혜정은 벌떡 일어서서 방을 나가려 했다. 여기에 더 있다 보면 영준처럼 자신도 제정신이 아니게 될 것 같았다. 제정신이 아닌 사람과 대화하고 싶지도 않았다.

"잠깐만!"

영준이 혜정의 팔을 붙들어 돌려세웠다.

"이거 놔!"

혜정은 영준의 팔을 뿌리쳤다. 그리고는 잡혔던 팔을 있는 힘껏 휘둘렀다. 짝, 하는 소리와 함께 영준의 목이 옆으로 돌아갔다. 영준의 뺨을 후려쳐도 분노가 풀리지 않았다. 혜정은 주먹으로 영준의 가슴을 쳤다.

"어떻게 그런 말을 해! 어떻게 우리 애 목숨값을 받자고 해? 연희 목숨값이 5천만 원이야? 당신은 그게 탐이나?"

"탐이 나는 게 아니야!"

영준이 그녀의 손목을 강하게 붙잡았다.

"그럼 우리 연희 죽음을 개죽음으로 만들 거야? 보상은 한 푼도 받지 못하고 우리 연희 그렇게 만든 사람은 끽해야 1, 2년 살다 나올 거야. 그럼 끝이라고. 그게 낫다는 말이야, 지금?"

"보상? 그걸로 보상이 돼? 당신은 그걸로 보상되냐고?"

"그런 뜻이 아니라잖아! 냉정하게 생각해야 돼. 지금 이런다고 해서 우리 연희가 살아 돌아올 것도 아니야. 돈을 얼마나 받는지가 중요한 게 아니야. 저들을 아무 손해 없이 두는 게 나아? 그건 아니잖아. 그러니까 그 돈이라도 받자고."

"나는 못 해. 연희 목숨값, 나는 못 받아."

혜정의 얼굴이 일그러졌다.

"당신은 어떻게 그런 생각을 해? 그 돈 받아서 뭘 할 건데? 밥 사 먹고, 술 사 먹고, 옷 사 입고, 그렇게 살 거야?"

"나도 연희 아빠야!"

영준이 혜정의 손을 강하게 붙들었다.

"당신만 딸 잃은 거 아니야. 나도 딸을 잃었어. 너무나 귀한 내 새끼를 잃었다고. 그런데 당신은 지금 당신만 힘들다고 하잖아. 당신만 넋 놓고 다니잖아.

연희 죽은 뒤로 우리 연우를 한번 안아주길 해봤어, 애 밥을 먹는 걸 챙겼어? 그런데도 나 아무 말도 안 했어. 당신이 충분히 힘들어하고 일어날 때까지 기다리려고 했다고. 근데 이게 뭐야? 당신만 연희 사랑하는 사람이고, 나는 딸 목숨 팔아서 돈 챙기는 사람을 만들어?"

영준의 눈에서 눈물이 뚝 떨어졌다. 온 얼굴이 일그러졌다. 그녀가 생전 처음 본 표정이었다. 영준은 오열하며 자리에 털썩 주저앉았다. 그의 괴로움을 혜정은 처음 본 것 같았다. 영준의 말이 맞았다. 연희가 죽은 후로 혜정은 제정신이 아니었다. 그렇게 마음껏 아파할 수 있도록 연우를 챙기고 버텨준 것은 영준이었다. 미안했다. 그래도 그건 아니었다. 연희의 목숨값은 그 어떤 걸로도 대신할 수 없었다. 혜정은 이를 악물고 영준에게서 고개를 돌렸다.

"그래도 그 돈은 절대 못 받아."

혜정은 방문을 열고 나갔다. 거실은 적막했다. 주방 쪽을 보니 연우가 있던 식탁이 비어 있었다. 먹던 짜장면이 그대로 그릇에 남아 있는 게 보였다. 시간이 벌써 8시가 넘었다. 엄마 아빠가 싸우는 소리를 듣다못해 방으로 돌아갔을 것이었다. 아들의 방을 쳐다보다가 발길을 돌렸다. 아들도 감싸줘야 한다는 걸 알지만 지금은 어떤 여력도 남아 있지 않았다. 마음에 우물이 있다면 버석버석하게 바닥까지 마른 기분이었다.

그녀가 발길을 옮긴 곳은 연희의 방이었다. 연희가 보고 싶었다. 영준과 감정싸움을 하면 중간에서 애교로 풀어주던 연희였다. 그런 연희가 없다는 것을 느끼고 싶지 않았고, 문을 열 때마다 연희의 체취가 날아갈 것 같아 잘 열지 않던 문이었다. '연희야, 아빠랑 싸웠어.' 그렇게 말하며 문을 열면 연희가 웃어줄 것만 같은데.

문을 열던 혜정은 우뚝 멈춰 섰다. 돌덩이가 되어버린 심장이 쿵 하고 내려앉았다.

연희의 침대 위가 불룩했다. 이불을 쓰고 누군가

누워있었다.

"연희야?"

5

"연희야!"

이불을 덮어쓰고 있던 형체가 꾸물거렸다. 혜정은 거의 숨도 쉬지 못한 채 그곳만을 뚫어지라 바라보았다. 그러던 혜정의 눈이 가라앉았다. 꾸물거리며 일어난 형체가 작았기 때문이었다. 이불이 흘러내려 연우의 얼굴이 드러났다. 혜정이 인상을 썼다.

"넌 왜 여기서 자고 있어?"

"이제 내가 이 방 쓰려고."

"뭐?"

혜정은 자신의 귀를 의심했다. 연우는 혜정이 어떤 심정인지도 모르고 말을 이었다.

"이제 누나는 없잖아. 안 돌아오는 거잖아. 그럼 내가 이제 이 방 써도 되는 거 아니야? 내 방은 너무 작아. 책상도 이게 더 좋고."

그 말에 너무 화가 나서 머리가 핑글 돌았다. 몸에 소름이 돋았다. 어떻게 누나가 죽었는데 그런 생각을 하는가. 누나가 죽은 지 한 달이 된 것도 아니고, 일 년이 된 것도 아니다. 고작 그사이에 한다는 생각이 누나의 방을 뺏는다는 것인가?

"일어나."

혜정이 엄하게 말했지만 연우는 칭얼거렸다.

"아이, 왜? 내가 이 방 쓰고 싶다고. 누나가 있는 것도 아닌데 왜 뭐라 그래!"

머리로는 알고 있다. 연우는 어린 아이일 뿐이다. 누나의 죽음에 대해 무감각할 수도 있다. 그러나 그 어리숙한 잔인함에, 순진한 악의에 치가 떨렸다.

혜정은 이 방의 문을 여는 것도 무서웠다. 연희의 냄새가 사라질까 봐. 그런데 아이는 벌써 그 공간을 다른 걸로 채우려고 했다. 혜정은 침대에 와락 달려

들어 연우의 팔을 잡아당겼다.

"내려와! 누나 침대야."

"싫어! 누나는 없잖아!"

자꾸 반복한다. 누나는 없다고. 눈이 뒤집혔다. 혜정은 손을 들어 연우의 엉덩이를 쳤다.

"자꾸 말 안 들을래? 얘가 왜 이래?"

"내가 뭘 잘못했어?"

"니가 뭘 잘못했는지 몰라? 빨리 안 내려와?"

무서운 얼굴로 다그치자 연우의 얼굴이 빨갛게 달아올랐다. 그리고 결국 울음을 터트렸다. 혜정은 개의치 않고 연우를 내려오게 하는 데만 집중했다. 결국 연우가 침대에서 미끄러져 떨어졌다. 연우는 온몸을 버둥거리며 더 크게 울었다.

"무슨 일이야?"

문이 벌컥 열리며 영준이 들어왔다. 혜정은 영준을 쳐다보지도 않고 연희의 침대를 바라보았다. 침대에 연희의 흔적이 사라졌다. 연희가 마지막으로 이 침대에서 일어나던 날 구겨진 이불과 냄새들이 모두 없어져 버렸다.

"엄마가 때렸어."

 연우는 울면서 영준에게 매달렸다. 영준이 굳은 얼굴로 혜정에게 물었다.

"무슨 일이냐고."

"연희 방에 들어와 있잖아. 나가라는 말을 해도 안 듣고."

"누나가 보고 싶었나 보지."

 하, 하고 혜정은 어이없는 웃음을 터트렸다.

"자기가 누나 방을 쓰겠대."

 영준이 한숨을 내쉬었다. 그러고는 달래는 듯한 어조로 말했다.

"애잖아. 그럴 수 있지."

"어떻게 그럴 수 있어?"

 혜정의 목소리가 공중을 차고 올랐다.

"어떻게 누나가 죽었는데 생각나는 게 누나 방을 뺏을 생각만 할 수 있어? 어떻게 연희가 죽었는데 멀쩡할 수가 있어? 당신은 어떻게 다 그렇게 이해하고 넘어가? 어떻게 연희가 죽었는데 밥이 목구멍으로 넘어가고 돈을 받겠다는 말이 나와?"

혜정의 분노는 결국 영준에게로 향했다. 그 와중에도 연우는 계속 울음을 멈추지 않았다.

"조용히 해!"

연우가 눈을 휘둥그렇게 떴다. 그러고는 다시 더 큰 소리로 울어 젖혔다. 혜정은 머리를 감싸 쥐었다. 연우가 우는 소리가 머릿속을 다 뒤집어 놓는 것 같았다. 불끈 분노가 치솟았다. 연우의 어깨를 꽉 잡았다.

"조용히 하라고! 누나 죽었을 때는 그렇게 안 울고 왜 이제 그렇게 울어!"

"아파!"

"여보!"

"방을 못 쓰는 게 누나 죽은 거보다 더 슬퍼? 누나 죽은 게 차라리 잘됐다고……!"

혜정은 말을 끝맺지 못했다. 영준에게 맞은 뺨이 후끈거리며 달아올랐다. 정작 맞은 것은 이쪽인데 영준이 아픈 얼굴을 했다.

"정신 차려. 연희를 죽인 건 우리가 아냐."

그렇게 말한 영준은 엉엉 우는 아이를 들쳐 안고 그대로 방을 나갔다. 혜정은 침대에 걸터앉았다. 불같이 끓어오른 화가 몸을 다 태울 것만 같았다. 누나의 죽음을 함께 슬퍼하지 않는 연우에게 화가 난 것은 사실이지만 그 이후로는 명백한 분풀이였다. 그리고 영준에게도 자신의 분노를 주체하지 못해 쏟아부은 것이었다. 자신이 왜 이렇게까지 됐는지 알 수가 없었다. 상황이 왜 이렇게 됐는지 생각할수록 참담한 기분만 들었다. 모든 것이 엉망이 됐다. 평소라면 연희는 잘 풀리지 않는 수학 문제로 조금은 짜증을 냈을 것이고, 영준은 연우와 칼싸움을 해 자신에게 조용히 하라는 경고를 받고 있었을 거였다. 그것은 행복이었다. 그러나 모든 게 물거품이 됐다. 그 시간들은 이제 빛바랜 추억으로 남을 것이었다. 우리는 불행해질 것이다. 아니 이미 불행하다. 혜정은 자신에게 느닷없이 덮친 이 불행을 어떻게 해야 좋을지 알 수 없었다.

혜정은 연희의 침대에 쓰러져 몸을 웅크렸다. 아픔은 분명히 있는데 연희는 없다. 그 빈자리가 환상통처럼 혜정을 괴롭혔다. 혜정은 한참을 그러고 있었다. 시간이 얼마나 지나갔는지 모른다. 밖에서 들리던 연우의 울음소리도 사라진 지 오래다. 영준이 달래서 재웠을지 모른다. 지금 그런 건 자신에게 중요하지 않았다. 우리는 왜 이렇게 됐는가.

'연희를 죽인 건 우리가 아냐.'

혜정은 천천히 몸을 일으켰다. 그 말이 맞았다. 연희를 죽이고 자신을 불행의 구덩이에 처넣은 것은 연우도 영준도 아니었다. 그 악마였다. 연희를 죽여놓고 목숨값으로 죄를 벗고자 했던, 기자들의 앞에서 무릎을 꿇는 쇼를 부린, 어떻게든 빠져나가려고 수를 쓰는 그 악마가 이 모든 일을 만들었다. 그 악마가 연희의 목숨을 끊고, 자신의 숨을 막고, 우리 가정을 파탄 냈다.

혜정은 벌떡 일어났다. 그리고 성마르게 문을 열

어젖혔다. 거실에는 아무도 없었다. 다급하게 머리를 휘휘 돌렸다. 자신의 가방은 거실 소파에 아무렇게나 놓여 있었다. 가방에 와락 달려들어 안의 것들을 뒤졌다. 속이 탔다. 그녀는 가방을 거꾸로 뒤집어 안의 물건들을 쏟아냈다. 그리고 그것이 눈에 들어왔다.

가해자 딸이 주었던 명함이었다. 거기에 그 악마가 사는 주소가 적혀 있었다. 자신이 주민센터의 프로그램을 이용해 알아낸 것이었다. 혜정은 그것을 주머니에 쑤셔 넣고 곧장 부엌으로 들어갔다. 그러고는 싱크대를 열어 요리용 칼을 꺼냈다. 날카로운 칼날만큼이나 혜정의 마음이 날 섰다.

똑같이 만들어 줄 것이다. 그렇지 않으면 연희를 볼 낯이 없다. 복수는 이 어미가 해줄 것이다. 우리를 이렇게 파탄 냈으니 그 악마도 갈가리 찢어놓아야만 했다.

혜정은 다른 서랍을 열었다. 거기에는 잘라놓은 신문지가 잘 정리되어 있었다. 채소들을 보관할 때

더 오래 보관하기 위해 준비해 놓았던 것이었다. 거기서 꺼낸 신문지를 칼에 둘둘 말았다. 그러고는 소파에 벗어둔 점퍼를 걸쳐 입고 가슴 안쪽에 칼을 끼워 넣었다. 혜정의 눈이 비정상적으로 번뜩였다.
 혜정은 현관문을 열었다.

"여긴 것 같은데요?"
 골목길 안으로 들어가 우회전을 하자마자 택시 기사가 차를 세우며 말했다. 혜정은 창문을 통해 밖을 내다보았다. 거기에 회색 벽돌로 담을 두른 집이 보였다. 대문 너머로 이층 건물이 보였다. 시간이 시간인지라 불이 밝혀진 창문은 없었다.
 "저기요?"
 "아, 네."
 택시 기사의 말에 혜정은 문득 정신을 차렸다. 카드로 계산을 하고 택시에서 내렸다.
 들끓는 분노로 택시를 잡아탔지만 심장이 쿵쿵 뛰었다. 여기까지 오는 동안 정신이 들자 자신이 하려는 짓이 무엇인지 깨달았다. 가슴 안쪽에 찔러 넣은 칼의 존재가 너무나 무겁게 느껴졌다. 혜정은 불이 꺼진 집을 보며 머리를 가로저었다. 자신이 할 수 있는 일이 아니었고, 해서도 안 되는 일이었다. 다시 큰 도로로 나가기 위해 걸음을 돌렸다. 그런데 골목길의 끝까지 갔을 때였다. 삐거덕, 하는 소리가 들려왔다. 소리는 아주 조심스러웠지만, 적막한 골목길을 따라 혜정에게까지 확실하게 전달되었다. 혜정은 반사적으로 고개를 돌렸다. 그 대문에서 노인이 나오고 있었다.

혜정은 그 노인을 확실하게 알아보았다. 딱 두 번, 모두 자신이 거의 제정신이 아니었을 때 본 것이지만 노인이 누구라는 걸 알 수 있었다. 평생을 가도 잊지 않을 얼굴이었다. 기울어진 어깨, 희끗한 머리는 여전했다. 밖으로 나온 노인은 뒤돌아서서 다시 대문을 조심스럽게 닫았다. 잠든 가족을 깨우지 않으려는 생각인지도 모른다.

노인이 이쪽을 돌아보는 것 같아 혜정은 자기도

모르게 전봇대 뒤로 몸을 숨겼다. 노인은 그녀를 발견하지 못한 것 같았다. 그는 천천히 혜정이 서 있는 반대편 방향 쪽으로 걷기 시작했다.

딱히 생각이 있는 건 아니었다. 그런데도 혜정은 노인의 뒤를 따라갔다. 노인이 어디에 가는지 궁금했다. 자신들의 가족은 이제 서로 나눌 것이 아픔밖에 없었다. 내가 아파서 상대를 상처 내고 있다. 우리는 이렇게나 엉망이 됐는데 이 집은 편안히 불을 끄고 잠자리에 들어있다. 그런 화 때문인지도 몰랐다. 노인이 뭘 하는지, 어떤 일상을 보내는지 똑똑히 보고 싶었다.

노인은 뒤에서 혜정이 따라오는 걸 상상도 못 하는 것 같았다. 단 한 번 걸음을 멈추지도 않고 아주 천천히 걸어 나갔다. 걸음이 원체 빠르지 않은 것 같았다. 혜정은 그렇게 밤길을 노인의 뒤를 따라 걸었다.

노인이 집을 나선 지 10분 만에 걸음을 멈춘 곳은 슈퍼마켓이었다. 너무 어이가 없어 웃음도 나오지 않았다. 자신은 물 한 모금 마시기도 힘든데 이 노인은 일상을 살아가고 있었다. 안으로 들어간 노인이 매대에 가려 보이지 않았다. 혜정은 안으로 따라 들어가지는 않았다. 노인을 기다렸다. 딱히 뭘 하려는 건 아니었다. 하지만 따지고 싶었다. 우리 연희를 죽여놓고, 당신은 이렇게 일상을 살아가면서 정말 아무런 죄책감도 없는지.

5분 정도 지나 슈퍼마켓에서 나온 노인은 조금 묵직해 보이는 검은 비닐봉지를 들고 있었다. 뭘 샀을까? 슈퍼마켓에서 살 수 있는 거라야 생활용품이나 먹거리뿐이었다. 이 상황에 그는 뭐가 필요한지 따지고 싶었다. 그가 필요한 모든 것을 사줄 테니 연희를 돌려놓으라 소리를 지르고 싶었다. 혜정이 그에게 다가가려 할 때였다.

노인이 다시 걷기 시작했다. 그런데 집 방향이 아니었다. 어디를 가려는 건가. 말을 걸지 않은 채 혜정은 다시 노인을 뒤쫓았다.

노인이 도착한 곳에서 혜정은 걸음을 멈췄다. 절

망이 그녀를 엄습했다. 노인이 도착한 곳은 야외 공영주차장이었다. 노인은 주머니에서 스마트키를 꺼내 버튼을 눌렀다. 중간에 주차된 차가 번뜩 빛을 뿜었다 연희를 죽여놓고도 노인은 아직 차를 타고 있다.

저것은 인간이 아니다. 죄책감 따위를 기대할 수도 없는 악마였다. 혜정의 눈이 뒤집혔다. 점퍼 안쪽에 있는 칼이 묵직하게 자신의 존재감을 드러냈다. 살의였다.

혜정은 점퍼를 열어 칼을 꺼냈다. 그러고는 노인을 향해 걸어가며 칼을 싸고 있던 신문지를 뜯어 바닥에 버렸다. 혜정은 칼을 단단히 손에 쥐었다. 자신에게로 걸어오는 인기척을 느꼈는지 노인이 이쪽을 바라보았다. 혜정은 단숨에 노인을 향해 칼을 뻗었다.

"욱!"

노인이 신음을 쏟아냈다. 가죽을 찢고 들어가는 느낌이 칼을 통해 전해져왔다. 그리고 칼은 노인의 안쪽 어딘가의 뼈에 맞닿아 더 이상 들어가지 못하고 멈췄다. 정신이 들었다. 칼을 쥔 혜정의 손이 부들부들 떨렸다. 자신이 지금 무슨 짓을 했는지 여실하게 깨달았다. 자신이 한 일을 믿을 수가 없었다. 그때였다. 노인의 손이 혜정의 벌벌 떠는 손등을 툭툭 쳤다. 그만하라는 뜻인지 살려달라는 아우성인지 알 수 없었다. 두려움이 왈칵 몰려왔다. 혜정은 불에 덴 듯 칼을 놓았다. 칼이 아직도 노인의 배에 박혀 있었고 거기서 피가 줄줄 흘러나왔다. 노인은 차의 보닛에 쓰러지듯 기대었다. 혜정은 뒷걸음질을 쳤다. 그러다 다른 차에 등이 닿았다. 화들짝 놀라면서 뒤를 돈 순간, 그녀는 무아지경으로 달리기 시작했다. 노인을 따라왔던 길을 이제는 혼자 거슬러 올라가기 시작했다.

"빵!"

경적이 들려 정신을 차렸을 때 혜정은 큰 도로를 가로지르고 있었다. 멈춰 선 차의 운전석 창이 내려가더니 운전자가 머리를 밖으로 뺐다.

"아줌마, 미쳤어?"

혜정이 그 차를 보았다. 택시였다. 혜정은 택시에 와락 달려들었다. 택시 운전기사가 당황해하며 뭐냐고 물었지만 답할 겨를이 없었다. 어떻게든 여기서 한시라도 빨리 도망치고 싶었다.

"세아 아파트요."

떨리는 목소리로 간신히 목적지를 말했다. 택시 운전기사는 황당하다는 듯 뒤를 돌아보았다. 혜정은 주먹을 움켜쥐고 소리쳤다.

"빨리요!"

무슨 일이 있는 건지 모른다고 생각했을까. 택시가 움직이기 시작했다. 혜정은 양손을 모아쥐었다. 두 손이 벌벌 떨려왔다. 사람을 죽였다. 사람을. 칼이 노인을 쑤시고 들어가던 순간의 느낌이 손에 들러붙어 있었다. 그것은 충격에 가까운 느낌이었다.

차는 오래 지나지 않아서 멈춰 섰다.

"다 왔어요."

택시 기사가 말했다. 혜정은 꿈에서 깨어나는 것

처럼 얼굴을 퍼뜩 들었다. 택시 기사가 얼굴을 찡그렸다. 자신이 손님을 잘못 태웠는지 모른다고 생각하는 중일 것이다. 어쩌면 혜정을 술에 취한 사람으로 보고 있는지도 모른다.

"다 왔다고요."

그 말이 뒤늦게 머릿속에 들어왔다.

"아."

혜정은 주머니를 뒤져 카드를 꺼냈다. 손에 힘이 빠져 자기도 모르게 카드를 놓쳤다. 다시 쥐어 들고 카드를 내밀었다. 기사가 택시 천장에 붙어 있는 라이트를 켠 후 몸을 비틀어 카드를 받았다. 혜정은 그제야 자신의 손에 피가 묻어있다는 것을 알아차렸다. 재빨리 손을 감췄다. 택시 기사가 무슨 생각을 할지, 어떤 행동을 보일지 두려웠다. 혜정은 거의 숨도 쉬지 못하고 택시 기사의 표정을 응시했다. 그러나 택시 기사는 고개를 갸웃하고는 카드를 카드기에 읽혀 결제를 마쳤다. 혜정은 기사가 내미는 카드를 받아 도망치듯 차에서 내렸다. 혜정은 아파트 안으로 뛰어 들어갔다. 밤인데도 불구하고 동 입구에 있는 경비실에는 불이 훤히 켜져 있었다. 뛰어오는 혜정을 발견했는지 경비원이 바깥으로 난 작은 창을 열었다. 혜정은 인사도 하지 않고 정신없이 안으로 뛰어 들어갔다.

엘리베이터는 마침 1층에 있었다. 열림 버튼을 누르자 문이 열렸다. 자신의 집으로 가는 13층 버튼을 누르는 손가락이 시뻘겠다.

혜정은 그렇게 하면 손에 묻는 피를 씻어 낼 수 있는 것처럼 마구 손을 비볐다. 그렇게 하면 자신이 벌인 일에서 도망칠 수 있는 것처럼.

엘리베이터에서 내려 현관문에 달려들었다. 키패드의 버튼을 누르는 손이 떨려 몇 번이고 번호를 잘못 눌렀다. 분명 삐삐거리는 소리가 날 텐데도 안에서는 아무런 소리도 들리지 않았다. 영준이 잠들었는지도 모른다.

문을 열고 들어간 혜정은 뛰어들 듯 소파에 앉았다. 심장이 터질 것처럼 뛰었고, 절망이 함께 달음

박질을 쳤다. 스스로도 자신이 벌인 일을 믿을 수가 없었다. 폭포수처럼 쏟아지는 물이 얼굴을 적셔 혜정은 자신이 울고 있다는 걸 깨달았다. 입을 두 손으로 틀어막았다. 꺽꺽거리는 소리가 터지지 못한 비명처럼 목구멍으로 넘어갔다. 자신이 칼로 노인을 쑤신 것이 아니라 칼을 삼킨 것만 같았다.

  그러던 혜정의 눈이 테이블의 한 지점에 닿았다. 거기에 아무렇게나 찢은 종이가 놓여 있었다. 혜정은 떨리는 손으로 종이를 집어 들었다.

〈당분간 연우 데리고 본가에 가 있을게.〉

  혜정은 울었다. 드디어 소리가 터져 나왔다. 모든 것을 잃었다는 생각이 그녀를 붙잡고 놔주지 않았다. 혜정이 쥔 영준의 메모 위에 피가 묻었다. 혜정은 자신의 머리를 쥐어뜯었다.

  모든 것이 엉망이었다.

있을 정도의 제도 마련이 필요하다고 생각한다.

이 작품에서는 피해자와 가해자의 시점을 다 다루었다. 가해자에게도 사정이 있었다, 라는 것을 말하고 싶었던 것이 아니다. 이런 불행한 사고가 양쪽 모두의 가정을 파탄 내는 일이라는 것을 말하고 싶었다.

특별히 어떤 사건을 토대로 쓰인 글은 아니다. 이 글을 읽는 분들의 생각이 조금이라도 문제에 대해 생각해 보는 시간이 되기를 바라는 마음으로 글을 썼다.

뜨거운 여름에 쓰기 시작해 해를 넘기고서야 출간하게 되었다. 이 소설의 출간을 결정해주신 출판사에 감사를 드리고, 무엇보다 이 책을 쥐고 있는 당신께 감사드린다.

정해연

있었다. 물론 그 수를 훨씬 웃도는 젊은이들의 운전 사고도 있었을 것이다. '그러니 어쩔 수 없다'가 아니라 사고를 줄일 수 있는 부분이 있다면 우리는, 사회는 고민해야 한다.

현행으로는 노인 운전자가 운전면허를 반납하면 약 십만 원 정도의 보상금을 준다고 한다. 그 정도로는 운전면허를 반납할 생각이 들지 않는다. 노인은 택시를 잡기도 힘들고 버스를 타는 일도 녹록지 않다. 대중교통에서 그들은 때때로 불청객이 된다. 그러니 운전대를 잡는다. 눈이 나쁘기는 하지만 보이지 않는 것도 아니고, 천천히 운전하면 된다고 생각한다. 그리고 많은 날, 사고가 일어나지 않는다. 어제 사고가 일어나지 않았으니 오늘도 운전석에 앉는다.

그런 상황에서 운전면허를 반납하는 일은 개인의 책임감에 기댈 수밖에 없다. 그러니 운전하는 노인 인구가 늘고 그로 인해 불행한 사고들이 생겨난다. 운전면허를 반납하는 것이 더 편하다고 판단할 수

작가의 말

나는 운전을 한다. 눈이 나쁜 편이고, 겁도 많아서 운전을 즐겨하지는 않는다. 그래도 작업실에 출퇴근하는 편리함에 젖어 있기는 해서 언젠가 운전을 그만두게 되면 불편하겠지, 하는 생각은 한다. 하지만 60세가 되면 그만둘 생각이다. 그때는 더 눈도 나빠져 있을 것이고, 반응 속도나 순간적인 판단력도 떨어졌을 것이기 때문이다.

노인은 운전할 자격이 없다, 라는 것은 아니지만 인간의 노화는 도로 위에서 충분히 위험인자가 된다고 생각한다.

이 글을 쓰는 2024년에도 많은 노인 운전사고가

은 걸로 할게. 하지만 다시 한번만 더 그런 말 하면 우리 못살아. 그걸 아버님이 원할 것 같아?"

정한이 일어나 방을 나갔다. 지영은 바닥에 엎어지며 눈물을 쏟았다. 몸을 비틀며 오열했다. 온몸을 뭔가가 옥죄는 것 같았다. 아무리 소리를 질러도 자신의 심장과 폐부를 죄는 뭔가가 토해지지 않는 느낌이었다. 그녀는 이제 자신의 인생이 어디로 처박힐지 감도 잡히지 않았다.

모든 것이 엉망이었다.

"집을 팔지 않아도 되잖아. 아빠가 죽었으니 공탁금 안 걸어도 되잖아. 당신, 공탁금 걸기 싫어 그 난리를 쳤잖아. 이제 다행이라고 생각하잖아!"

정한이 인상을 구겼다.

"지금 그걸 진심으로 하는 소리야?"

"당신 때문이야. 다 당신 때문이라고!"

지영이 정한의 가슴을 주먹으로 두드렸다. 정한이 그녀의 손목을 잡았다.

"슬픈 건 이해가 가는데, 나는 안 슬픈 것 같아? 나도 당신만큼 힘들어. 그러니까 후회할 말은 하지 마."

"근데 왜 내 눈엔 안도하는 것처럼 보일까? 당신 일상은 이제 무사하잖아."

정한이 지영의 손을 세차게 뿌리쳤다. 지영이 중심을 잃고 바닥을 짚었다. 휙 고개를 돌려 온 힘을 다해 그를 노려보았다. 정한이 싸늘한 얼굴로 말했다.

"나를 패륜아로 몰고 가면 안 되지. 오늘은 못 들

주를 봐주며 이 작은 방안에서 혼자의 삶을 살아왔
다. 그런데 말년이 이렇게 되어 버렸다.

지영은 어느새 울부짖고 있었다. 그 소리를 들었
는지 정한이 문을 열고 들어왔다. 그는 지영을 다독
이며 끌어안으려 했지만 지영이 그를 밀쳤다. 그녀
는 번쩍 눈을 떴다. 이 사람만 아니었다면 그런 일
은 벌어지지 않았는지 모른다. 그날 그런 싸움만 벌
이지 않았어도 균탁은 죽지 않았을 것이라는 생각
이 들었다. 균탁이 사라졌다는 것을 안 그날 아침,
균탁의 방에서 정한이 잠들어 있었던 것도 이상하
다는 생각이 들었다. 술을 마시고 온 정한이 혹시
아버지에게 뭔가 나쁜 소리를 한 건 아닐까.

"이제 속이 시원해?"

"뭐?"

노려보는 지영의 눈을 보며 정한은 당황해했다.
그 얼굴을 원망스레 노려보았다. 상처를 내고 싶었
다. 남의 탓을 하고 싶었다. 그러지 않으면 자신이
못 견딜 것 같았다.

를 듯 입을 벌리고 숨을 몰아쉬었다. 그녀는 잃어버린 아비를 찾듯 주변을 둘러보았다. 그제야 방안의 정경이 눈에 들어왔다.

침대 하나 없는 방이었다. 있는 거라고는 낮은 테이블 하나뿐이었다. 균탁은 몇 년 전 무릎 수술을 했다. 바닥에서 일어날 때마다 고통스러웠을 텐데 그걸 몰랐다. 저녁마다 사위가 들어오면 은근슬쩍 자리를 피해 방안으로 들어왔다. 티브이도 없는 이 방에서 균탁은 무엇을 했을까? 왜 자신은 아버지를 모시고 오면서 안방을 드리지 못했을까.

모든 것이 자신 때문인 것 같았다. 시간을 돌리고 싶었다. 아버지에게 다솔을 맡기지 않았다면 이런 일은 벌어지지 않았을 것이었다. 아니, 혼자 살겠다던 아버지를 효도라는 명목으로 모시고 오지 않았다면, 아버지가 걱정하지 않아도 될 만큼 돈이 많았다면.

자신의 노후도 준비하지 못하고 자신을 키우는데 온갖 정성을 기울였던 아버지는 나이 들어서도 손

장례를 마치고 지영은 상복을 입은 채로 집으로 돌아왔다. 남편이 그녀를 불렀지만 그녀는 뒤를 돌아볼 힘도 없었다.

경찰은 균탁의 죽음이 자살이라고 했다. 미리 준비한 칼로 스스로 자해를 한 거라고 했다. 칼에서 균탁의 지문만 나왔기 때문이다. 그러고도 죽지 않으니 번개탄을 피운 거라고. 부검 결과 사망 원인은 '일산화탄소 중독으로 인한 질식사'라고 했다. 그리고 덧붙였다. 균탁이 낸 교통 사망사고는 종결될 거라고.

지영은 이해할 수 없었다. 자신이 최선을 다하고 있었다. 죄책감 때문에 조금 괴롭더라도 조금만 참아줬으면 자신이 모두 해결할 수 있었다. 그런데 왜 그런 선택을 했는가. 그렇게 가버리면 자신이 편해질 거라고 생각했을까? 그건 너무도 잘못된 생각이었다. 지영은 온몸이 쥐어뜯기는 것처럼 아팠다. 방 한가운데에 주저앉아 가슴을 뜯었다. 비명을 지구 만졌다. 손잡이는 어느새 피로 물들었다. 이 정도면 여자의 지문은 없어졌으리라. 균탁은 운전석의 버튼을 눌러 모든 문을 잠갔다. 그렇게 하면 배에 있는 칼을 맞은 상처도 자신이 그랬을 거라 경찰이 생각할 것 같았다.

눈앞이 가물해졌다. 피를 너무 많이 쏟은 건지도 몰랐다. 그래도 여기서 정신을 잃어선 안 되었다. 내일 아침 발견될 자신이 병원에서 정신을 차리는 일은 없어야 했다. 정신을 잃더라도 마지막까지 해야 할 일을 해내야 했다.

조수석에 던져둔 비닐봉지 안에서 음료수 캔을 꺼냈다. 그러고는 조수석 바닥에 간격을 두어 세웠다. 번개탄을 뜯어 불을 붙인 다음 음료수 캔 위에 올렸다. 하얀 연기가 피어오르기 시작하자 안도감이 들었다.

그는 눈을 감고 운전석에 기댔다.

이걸로 모두에게 평화가 찾아오기를 바랐다.

그에게도 평화가 찾아왔다.

마 아물었으면 좋겠다고 생각했다.

균탁은 아직도 떨고 있는 여자의 손등을 가볍게 두드렸다. 그녀를 달래고 싶은 마음이었다. 당신의 마음을 알았으니 뒤는 자신이 하겠다고 말하고 싶었지만 목소리는 나오지 않았다. 죄책감은 갖지 마라, 그 말은 반드시 하고 싶었는데 다리에 힘이 빠져 버렸다. 그는 넘어지듯 차의 보닛에 기대었다. 여자는 뒷걸음질을 치더니 곧장 달아나 버렸다. 결국 미안하다는 말도 하지 못했다.

배에서 피가 울컥 쏟아졌다. 칼은 아직도 그의 배에 꽂혀 있었다. 그는 온 힘을 다해 배에 꽂힌 칼을 빼내었다. 온몸을 찢는듯한 통증이 있었다. 그래도 그는 알고 있었다. 이것이 자신을 죽음으로 인도하지 못하리라는 것을.

그는 힘겹게 땅에서 비닐봉지를 쥐어 들고 차 문을 열었다. 그러고는 안으로 들어갔다. 거친 숨을 내뱉으며 균탁은 손에 든 칼 손잡이를 자신의 티셔츠로 닦았다. 그러고는 손잡이를 자신의 손으로 마

누군가의 발소리가 들린다 싶어 뒤를 돈 순간, 뱃속을 뜨거운 무언가가 뚫고 들어왔다. 균탁은 욱, 신음을 쏟아내며 몸을 숙였다. 들고 있던 비닐봉지가 바닥에 떨어졌다. 거의 반사적으로 고개를 들었다. 차에서 나온 라이트 빛에 여자의 얼굴이 여실히 보였다.

그녀였다. 꿈속에서 매일 그를 죽이고, 또 죽이는 여자. 자신이 죽인 그 학생의 엄마였다. 그녀의 눈이 살의로 번들거렸다. 처음부터 이런 얼굴은 아니었을 거였다. 어느 예쁜 아이의 평범한 엄마였던 여자를 자신이 이렇게 만들었다.

비명을 삼키면서 균탁은 자신의 배에 꽂힌 칼을 쥐고 있는 여자의 손을 보았다. 그녀의 손이 벌벌 떨리고 있었다. 칼을 빼지도, 놓지도 못한 채 여자는 스스로가 한 일에 충격을 받은 것 같았다. 여기에 오기까지 어떤 마음이었을까. 지금은 어떤 마음일까. 적어도 죄책감을 느끼지는 않았으면 좋겠다고 생각했다. 이걸로 그녀가 받은 상처가 조금이나

"이 밤중에 고기 파티하시게요?"

"아뇨. 내일 딸아이가 놀러 가자네요."

"좋은 딸이네요."

"그렇죠."

봉투가 필요하냐고 물어서 그렇다고 대답했다. 여자는 빠른 손놀림으로 번개탄과 고기를 검은 비닐봉지에 담았다.

"라이터도 주세요."

값을 치르고 가게를 나섰다. 여자는 마지막까지 살갑게 인사를 했다.

균탁은 정한의 차가 어디에 주차되어 있는지 알았다. 동네 골목은 좁기 때문에 정한은 보통 인근에 있는 임시 공영주차장에 차를 세웠다. 아마도 오늘은 대리기사를 불러 운전해 왔을 거였다.

균탁은 주머니에서 정한의 차 스마트키를 꺼내 버튼을 눌렀다. 주차된 차들 사이의 중간쯤에서 차가 번뜩 빛을 뿜었다. 균탁은 무거운 마음으로 차를 향해 걸어갔다. 그리고 차의 문을 여는 순간이었다.

한 도로를 가게에서 새어 나오는 빛이 적시고 있었
다. 24시간 운영하는 마트가 있어서 다행이었다.
안으로 들어가자 카운터에 있던 여자가 반색하며
그를 맞이했다.

"어머, 이 시간에 웬일이세요? 오랜만이시네요."

가끔 다솔을 데리고 간식을 사주러 와서 안면이
있었다. 여자의 밝은 얼굴은 오히려 그의 마음을 무
겁게 했다. 이 사람은 자신이 무슨 짓을 했는지 모
르는 것이 분명하다. 차라리 그게 다행이었다.

짧게 고개를 숙여 인사하고는 마트 안쪽으로 들
어갔다. 그가 찾는 것은 오래지 않아 발견할 수 있
었다. 번개탄이었다. 그는 그것을 집어 들고 고기가
놓여 있는 코너로 갔다. 질 좋은 고기들이 포장되어
진열되어 있었다. 그것 중 하나를 집어 들었다. 고
기는 그가 필요한 것이 아니었지만 번개탄만 사면
의심을 살지 몰랐다. 음료수도 몇 개 집어 들었다.

그것들을 들고 카운터로 가자 주인 여자가 다시
웃었다.

균탁은 조용히 현관문을 열고 나와 마당으로 내려섰다. 그러고는 집을 다시 한번 뒤돌아보았다. 마지막으로 지영에게 편지라도 남겼어야 하는 건 아닐까 생각했지만 고개를 저었다. 아무것도 남기지 않고, 미련 없이 떠나는 것이 자신이 해야 할 일이라고 생각했다.

균탁은 대문을 소리 나지 않도록 열고 문턱을 넘었다. 다시 대문을 닫을 때까지 균탁을 부르거나 따라 나오는 사람은 없었다. 그는 천천히 길을 따라 걸었다. 지금부터 자신이 하려는 일은 아마도 지영에게 상처가 될 거였다. 그래도 이 결심을 되돌릴 수는 없었다. 자신이 이렇게 하지 않으면 지영과 정한은 언젠가 끝을 보게 될 것이었다. 그걸 볼 수는 없었다. 그리고 더는 자신이 버티기가 힘들었다. 매일같이 자신을 내리누르는 이 고통에서 벗어나고 싶었다. 이 선택이 피해 학생의 부모에게 조금이나마 위안이 되기를 바랐다.

그는 동네 마트 앞에서 걸음을 멈춰 세웠다. 적막

나왔을 것이었다. 그러지 않아 다행이었다. 더 이상
자신 때문에 지영과 정한이 싸우는 것을 보고 싶지
않았다. 거실 벽에 걸린 가족사진을 물끄러미 보았
다. 거기에는 지영과 정한과 지금보다 조금 더 어린
다솔이 있었다. 균탁이 이 집에 들어오면서 지영이
다시 가족사진을 찍자고 했지만 그 말은 이루어지
지 않았다. 그것이 지금은 다행이라는 생각이 들었
다.

균탁은 소파에 내던져진 정한의 손가방을 집어
들었다. 그러고는 그 안에서 차 키를 꺼내 들었다.
지금부터 자신이 하려는 일이 정한에게 또 다른 폐
가 된다는 것을 알고 있었다. 그러나 지금은 이 방
법밖에는 생각나지 않았다.

정한이 소중히 여기는 이 집에서 그럴 수는 없었
다. 그렇다고 모르는 사람의 아파트나 건물에서 뛰
어내릴 수도 없다. 더 이상 다른 사람에게 폐가 되
는 일을 할 수는 없었다. 정한에게 마지막까지 폐를
끼치는 일이었지만 이 방법밖에는 없었다.

한 현관이라도 뺏어야 속이 시원하셨어요?"

정한이 균탁의 손을 잡은 채로 푹 쓰러졌다. 그는 눈을 감은 채로 중얼거리듯 말했다.

"저한테 왜 그러셨어요. 저한테 왜……."

정한은 그대로 잠에 빠져들었다. 균탁은 좌절 속으로 내던져졌다. 자신이 모든 것을 엉망으로 만들었다. 그렇게 생각한 순간 단단한 생각 하나가 균탁의 가슴에 기둥을 세웠다. 필요했던 계기가 이제야 생겼다. 그는 정한의 손을 놓고 일어났다. 그리고 장을 열어 이불과 베개를 꺼냈다. 정한에게 베개를 베어 주고 이불을 덮었다. 정한은 꿍얼거리는 소리를 내며 이불 속에서 몸을 뒤척였다. 그런 정한을 물끄러미 내려다보았다.

"미안하네."

균탁은 거실로 나갔다. 거실은 무거운 어둠이 내려앉아 있었다. 다솔의 얼굴을 보고 싶었지만 그래선 안 된다는 걸 알았다. 지영 역시 잠들어 있을 거였다. 그러지 않았다면 정한의 소리를 듣고 밖으로

탁금 내야 하거든요."

균탁은 눈을 질끈 감았다. 말문이 막혀 아무런 말
도 나오지 않았다. 정한의 앞에서 고개를 들 수 없
었다. 그도 알고 있었다. 이 집을 사고 정한이 얼마
나 좋아했는지. 주말이 되면 마당에 식재할 나무 같
은 것을 사러 다니는 것이 정한의 즐거움이었다. 자
신의 집이라고 쓸고 닦기도 열심히 했다. 바깥에 걸
린 우편함도 정한이 직접 만들어 페인트칠을 한 것
이었다.

정한이 균탁의 손을 잡았다. 정한의 상체는 완전
히 무너져 균탁에게 매달린 것 같은 모양새가 되었
다.

"왜 그러셨어요. 아버님. 왜 그러셨냐고요. 조금
만 조심했으면 됐잖아요, 네?"

균탁은 아무런 말도 하지 못했다.

"이 집, 제 청춘을 바쳐서 겨우 샀어요. 그것도 현
관 앞 요만큼만 제 거고요. 다 은행 집이에요. 아버
님이 누운 이 방도 은행 거고요. 근데 그 코딱지만

게 났기 때문이었다.

정한은 흐트러져 있었다. 매일 잘 챙겨 입는 양복 셔츠는 풀어 헤쳐져 있었고 넥타이도 삐뚜름하게 매어져 있었다. 머리도 마구 헝클어트린 깃처럼 단정하지 않았다. 비틀거리는 걸음으로 정한이 균탁의 앞까지 왔다. 그는 풀썩 주저앉듯 균탁의 앞에 무릎을 꿇었다. 훅, 내뱉는 숨에서 술 냄새와 함께 지친 기색이 전해져 왔다.

"술 마셨나?"

정한이 고개를 끄덕거렸다.

"네. 마셨습니다, 아버님. 제가 속이 좀 상해서요. 아니 무거워서요. 이 어깨가요."

정한이 자신의 손으로 어깨를 툭툭 쳐 보았다.

"오늘 집 나갔습니다. 팔렸다고요."

그 말에 균탁은 놀랐다. 이 집을 팔았다는 건 알지 못한 사실이었다.

"아버님은 아시죠? 제가 이 집 샀을 때 얼마나 좋아했는지. 그런데 이제 여기서 못살아요. 아버님 공게 주고 싶지 않다.

벽에 기대 멍하니 앉아 있었다. 시간이 얼마나 지났는지 모르지만 바깥에서 도어록의 비밀번호를 누르는 소리가 들렸다. 정한이 돌아온 것 같았다. 지영은 다솔을 재우다 잠이 든 모양인지 정한을 맞아주는 소리가 들리지 않았다. 잠이 들지 않았어도 일부러 나오지 않는 건지도 몰랐다. 지난번에 싸운 뒤로 두 사람의 관계는 예전만 못했다. 말을 한마디도 하지 않고 냉전을 하는 것은 아니었지만 데면데면한 분위기가 균탁에게도 느껴졌다.

돈 문제는 어떻게 되었을까? 그리고 자신은 이제 어떻게 되는 걸까? 사람을 죽였는데도 집에서 이렇게 지내는 게 이상했다. 하지만 그런 것들을 지영에게 묻지 못했다. 자신에게도 낯짝이 있었다.

"아버님."

밖에서 정한의 목소리가 들렸다. 발음이 어딘가 이상했다. 이유는 바로 알 수 있었다. 균탁이 대답을 하자 문을 열고 들어온 정한에게서 술 냄새가 짙 매일이 고역이었다. 숨이 끊어진다면 좋겠다고 생각하며 하루하루를 살아 넘겼다. 어쩌면 그에게는 결심할 어떤 계기가 필요했는지도 모른다.

그리고 그 계기는 머지않은 시간에 찾아왔다.

밤이었다. 지영은 이미 퇴근해 다솔을 씻기고 저녁을 먹였다. 균탁에게도 식사를 권했지만 균탁은 일찍 먹었다고 거짓말했다. 지영은 별다른 소리를 하지 않았다. 지영도 지쳤는지 모른다. 균탁에게 말하지 않을 뿐, 하루 종일 돈을 벌면서 균탁이 받아야 할 재판 때문에 이리저리 뛰고 있을 것이었다. 자신 자체가 짐처럼 느껴졌다.

"이 사람은 왜 이렇게 안 와?"

지나가는 말처럼 지영이 불평했다. 균탁은 지영이 아이를 재우러 데리고 들어가는 걸 보고 자신도 방으로 들어왔다. 또다시 지옥 같은 밤이 이어질 거라고 생각하니 가슴이 터질 것 같았다. 그래도 불을 껐다. 불을 끄지 않으면 자신이 잠 못 자는 것을 지영이 걱정할 것 같았다. 지금은 조금의 짐도 지영에

있는 소녀가 나왔다. 피눈물을 흘리는 소녀의 가슴
이 움푹 들어가 있었다. 그 몸으로 가까이 오며 울
부짖을 때 균탁은 기겁하며 눈을 떴다. 온몸이 땀으
로 흥건했다. 어떤 날은 자신이 죽인 여학생의 엄마
가 나올 때도 있었다. 그녀는 균탁을 악마라고 부르
며 목을 졸랐다. 자신의 자식처럼 너도 죽어야 한다
고 할 때는 그나마 나았다. 너도 똑같은 아픔을 겪
으라며 지영을 차로 밀어 버릴 때도 있었다. 지영은
차에 깔려 그 여학생처럼 피를 토해냈다. 밥을 먹지
못하기 시작한 것은 그즈음부터였다. 병원에 갈 생
각은 하지 않았다. 이것이 자신의 죗값이라면 달게
받아야 한다고 생각했다. 병이어도 그건 자신이 치
러내야 할 일이었다.

　지영은 그런 균탁의 변화를 눈치채지 못했다. 워
낙에 일찍 나가야 하기도 했고, 밥솥에 밥이 줄지
않는 것까지 신경 쓰지 못했다.

　균탁은 매일 정한과 지영이 출근한 뒤에야 밖으
로 나왔다. 자식들을 더 신경 쓰게 할 수는 없었다.

5

균탁은 거울 앞에 섰다. 자신에게도 생경한 모습
이 거울에 비쳤다. 눈 밑은 검었으며 볼은 움푹 꺼
져 들어갔다. 거칠고 칙칙한 피부는 균탁을 평소보
다 훨씬 더 늙어 보이게 했다. 언젠가부터 밥을 먹
지 못했다. 입맛이 없는 거였다면 일말의 양심 때문
이라고 여겼을 거였다. 그런데 그게 아니었다. 밥이
목구멍을 넘어가기도 전에 걸려 컥컥거렸다. 물을
마시는 것도 쉽지 않았다. 벌써 일주일도 넘은 일이
었다. 거기다 밤에 잠을 자지 못했다. 불면으로 고
통스러운 시간을 보냈으며, 지쳐 깜박 잠이 들었을
때는 지체 없이 악몽을 꿨다. 꿈에는 피를 흘리고

"누가 뭐래? 난⋯⋯."

그 뒤로도 싸움은 끊어질 듯 끊어질 듯 끊어지지
않았다. 균탁은 방구석에 앉아 머리를 감싸 쥐고 그
시간을 견뎠다. 그대로 숨이 끊어진다면 차라리 좋
을 것 같았다.

다.

"아빠는 좀 들어가 계세요."

"지영아."

"얼른요!"

균탁은 더 이상 아무런 말도 하지 못했다. 정한의
눈치를 보았다. 정한은 고개를 돌리고 이쪽을 보지
않았다. 균탁은 방으로 들어갔다. 문을 닫기 무섭게
두 사람이 싸우는 소리가 들려왔다.

"당신은 어떻게 그런 말을 할 수가 있어?"

"물어보지도 못해? 그리고 솔직히 5천만 원이 누
구 집 개 이름이야? 우리가 그런 돈이 어디 있어?"

"구해야지!"

"어디서?"

"지금 우리 아빠더러 교도소 들어가서 몸으로 때
우라는 거야?"

"그런 뜻이 아니잖아!"

"그럼 무슨 뜻인데? 우리 아빠가 일부러 그랬어?
우리가 다솔이 부탁하는 바람에 이렇게 된 거잖아!"

"당신 아빠 아니라고 이래도 돼?"

"그런 게 아니야. 그냥 일단 물어보는 거잖아."

"그러니까 그걸 왜 물어보냐고?"

변호사가 흠흠, 하고 기침을 했다. 지영이 그제야
입을 다물었다. 그러나 여전히 가슴은 씨근덕거리
고 있었다.

"여쭤보시니까 대답은 해드리겠습니다. 공탁을
안 걸어도 이 경우에는 아버님이 초범인 데다 반성
을 하고 있고, 단순 운전 미숙이라 그렇게 많은 형
량은 안 나올 겁니다. 1, 2년 정도. 그 이상은 나오
지 않을 가능성이 큽니다."

아무도 대답하지 않았다. 변호사는 지영과 정한
을 번갈아 보다가 어색하게 경직된 얼굴로 자리에
서 일어났다.

"그럼 논의해 보시고 연락주세요. 저는 이만 가보
겠습니다."

배웅은 지영이 했다. 안녕히 가시라고 인사한 다
음 문을 닫았다. 그러고 나서 굳은 얼굴로 돌아섰

가 중학생으로 앞날이 창창하고, 유족들의 상처가 깊을 것을 감안하면 5천만 원 정도는 생각하셔야 할 겁니다."

정한이 숨을 들이켜는 것이 느껴졌다. 균탁은 고개를 들 수 없었다.

잠시 동안 거실에 적막이 내려앉았다. 누구도 먼저 입을 열지 않았다. 정한은 무슨 생각을 하는지 고개를 숙이고 어느 한 지점을 뚫어져라 응시했다. 그러다 결심한 듯 고개를 들었다.

"공탁을 안 걸면 어떻게 되죠?"

"여보!"

지영이 날카로운 소리를 내질렀다.

"당신 지금 뭐라 그랬어? 무슨 말을 하는 거야! 당신은 아빠가 교도소에 들어가도 돈만 아끼면 된다고 생각하는 거야?"

"지영아."

균탁이 말려보려 했지만 잔뜩 흥분한 지영은 참으려 들지 않았다.

다."

이번엔 지영이 물었다.

"합의도 안 하겠다고 하는 사람들이 그 돈이라고 받을까요?"

"받지 않더라도 이쪽에서 그만큼 노력하고 있다는 걸 보여준다고 생각하시면 됩니다."

"안 받으면 그 돈은 어떻게 되는 거죠?"

정한이 묻자 변호사가 살짝 미소를 지었다.

"국가로 귀속됩니다."

정한이 등을 곧추세웠다. 마른 입술을 한번 적시는 것이 보였다.

"그럼 그 공탁금이라는 건 얼마나 걸면 될까요?"

변호사가 살짝 고개를 기울이며 대답했다.

"아까 낮에 사모님께 말씀드리기는 했는데요. 다시 한번 말씀드리자면 공탁금이 정해져 있는 건 아닙니다. 합의하면 최대 1억까지 얘기하기는 하지만 교통사고 치사사건의 공탁금으로는 1억까지 거는 경우는 거의 없습니다. 다만 이 경우에는 피해자

"저쪽 변호사랑 얘기해 봤는데요. 아무래도 합의는 안 될 것 같아요. 어머님 쪽에서 워낙 강경하게 나오셔서요."

실망한 듯 지영이 어깨를 늘어트렸다. 균탁은 피해 학생 어머니의 상태를 묻고 싶었지만 그럴 수 없었다. 여기서 자신은 발언권이 없었다. 그건 누가 말해주지 않아도 피부로 느끼고 있었다. 저쪽 집에도, 딸과 사위에게도 자신은 죄인이다.

"그럼 이제 어떻게 되는 건가요?"

"지난번에 말씀드렸다시피, 공탁을 거시는 게 좋겠습니다."

"공탁이요?"

정한이 되물었다. 정한에게는 처음 듣는 이야기일 것이다. 변호사가 고개를 끄덕였다.

"네. 합의가 되지 않았을 경우에 공탁금이라는 것을 거는 제도가 있습니다. 그러면 재판부에서 합의에는 이르지 못했지만 반성을 하고 있고, 피해 회복에 힘을 쓰고 있다, 라고 판단할 가능성이 커집니

"미안하네. 나 때문에."

정한이 고개를 홱 돌리더니 당황한 표정을 지었다. 균탁의 존재를 잊고 있었던 것 같았다. 돌아온 뒤 균탁에게 인사를 하지 않았다는 것도 이제야 깨달았는지 모른다.

"아니, 그런 게 아니라요."

초인종이 울린 것은 그때였다. 찾아온 것은 변호사였다. 오겠다고 지영에게 미리 연락했기 때문에 그가 방문할 거라는 것은 알고 있었다. 지영이 문을 열어 변호사를 맞이했다. 정한이 그와 악수를 나눴다. 지영이 그를 소파로 안내했다.

"뜨거운 차가 괜찮으시겠어요? 아니면 시원한 걸로?"

"아닙니다. 늦었는데 얼른 이야기를 드리고 가야죠."

지영은 변호사가 앉은 맞은편 소파에 앉았다. 균탁이 그 옆에 앉았고 정한은 상석에 있는 일인용 소파에 앉았다.

"그런 말 하지 마. 난 괜찮아, 아빠."

택시 기사가 룸미러를 통해 두 사람을 보는 것이 느껴졌다. 그 뒤로는 둘 모두 아무 말도 하지 않았다.

변호사가 그들의 집에 온 것은 그날 저녁이었다. 오늘도 정한이 다솔을 데리고 돌아왔다. 다솔은 신발을 벗기 무섭게 발을 쾅쾅거리며 자기 방으로 들어갔다. 지영이 쾅 닫히는 다솔의 방문을 보고는 정한에게 물었다.

"왜 저래?"

"내가 좀 늦어서 학원에 늦게 데리러 갔어. 한참 기다려서 짜증 났나 봐."

"별것도 아닌 거로."

"애니까 그럴 수 있지. 당신이 일찍 왔으면 애 좀 데리러 가지."

"우리도 들어온 지 얼마 안 돼."

소파에 앉아 있던 균탁이 엉거주춤 일어섰다. 자신이 가만히 있어서는 안 될 것 같았다.

상황에 어울리지 않게 가벼운 미소를 지었다.

"아까 보니까 저쪽에서 상담하고 있는 변호사가 제 학교 선배더라고요."

상황이 이쪽에 유리하게 돌아간다는 그 웃음이 균탁에게는 아무런 위안도 되지 않았다. 이쪽에 유리하다고 말할수록 죄를 짓는 기분이 자꾸만 들었다. 지영은 그렇지 않은 것 같았다.

"다행이네요. 혹시 합의 생각 있다고 하면 연락주세요."

"네."

그렇게 말한 변호사가 다시 장례식장 안으로 들어가고 지영과 균탁은 도로로 나가 택시를 잡아탔다. 둘 모두 뒷자리에 앉았다. 균탁은 밖을 바라보았다. 지영이 균탁의 손을 잡았다. 균탁이 고개를 돌려 지영을 보았다. 아까 맞은 **뺨**이 발갛게 부어 있었다. 눈물이 나려는 것을 꾹 참고 간신히 입을 열었다.

"미안하다."

여자는 연희를 살려내라며 소리를 질러댔다. 그녀의 남편으로 보이는 남자가 여자를 말리는 한편으로 균탁의 앞에 섰다.

"오늘은 이만 돌아가 주시죠."

"뭐가 오늘은 이만이야? 다시는 눈앞에 띄지 마!"

균탁은 애원하듯 남자를 올려다보았다. 남자가 엄중한 눈으로 그를 응시했다. 돌아가라는 단호한 의사표시였다. 함께 온 변호사가 가방에서 명함을 꺼내 내밀었다. 하지만 남자는 가라고 소리를 지를 뿐이었다. 지영이 자신의 주머니에서 명함을 꺼내 바닥에 내려놓았다.

"하실 말씀 있으시면 언제라도 연락주세요."

아무도 그 명함을 집으려 하지 않았다.

기자들을 가로질러 다시 주차장으로 왔을 때 변호사가 말했다.

"먼저 택시 타고 가세요."

지영이 고개를 갸웃하며 그를 보았다. 변호사가

인생하고 똑같아?"

"말이 좀 지나치신 거 아니에요?"

지영의 목소리가 분향실 안을 쨍하니 울렸다. 균탁은 깜짝 놀라 고개를 들었다. 지영도 자신이 실수했다고 생각하는지 눈을 깜빡이며 고개를 틀었다. 여자가 지영을 똑바로 노려보았다.

"지나쳐? 당신은 이게 지나쳐? 내 아이가 죽었는데?"

"실수잖아요. 저희 아버지가 실수로……."

"실수?"

그 말은 해서는 안 될 말이라고 균탁은 생각했다. 딸 아이를 막으려는 순간이었다. 짝, 하는 소리와 함께 지영의 목이 돌아갔다. 여자가 지영의 뺨을 때린 것이었다. 균탁은 차마 눈을 감아버렸다. 이 와중에도 딸이 맞은 것이 마음 아픈 자신이 구제 불능한 악마처럼 느껴졌다.

"실수는 남의 발을 밟은 게 실수야. 물을 엎지른 게 실수라고! 누굴 죽이는 게 아니라!"

모양이었다. 지영이 여자의 어깨를 잡았다.

"어머님."

여자가 손을 내쳤다.

"얼마나 반짝이면서 살아갔겠어! 자기 일을 하면서 살았을 거야. 그 애가 이 나라에 어떤 일을 해줄 줄 알고! 그 애가 어떤 사람이 됐을 줄 알고? 그 애가…… 그 애가…… 그 애가 낳았을 아이는 또 얼마나……"

가슴을 마구 쥐어뜯던 여자는 서러운 눈물을 토했다.

"잘못했습니다. 잘못했습니다."

그것 말고는 할 수 있는 말이 없어서, 균탁은 그런 바보 같은 자신이 저주스러웠다.

"그럼 우리 연희 살려내! 우리 연희 살려내란 말이야!"

"어머님. 저희 아버지도 정말 괴로워하고 계세요. 아마 평생을 죄지은 마음으로 사실 겁니다."

"죽을 날만 기다리며 살 이 노인네하고 우리 연희

위로 들어 올려지고 치마가 벌어졌지만 그런 건 여자에게 하나도 중요하지 않은 것 같았다. 몸을 뒤틀며 오열을 터트리는 그녀의 위로 차가운 셔터음이 쏟아졌다.

"정말 잘못했습니다. 죽을 때까지 사죄하고 살겠습니다."

균탁의 말에 여자가 눈을 번쩍 떴다. 그리고는 상체를 벌떡 일으켜 앉더니 주먹으로 균탁의 어깨를 힘껏 내리쳤다.

"당신이 살아갈 세월하고, 우리 연희의 시간하고 같아? 우리 연희가 뭐가 될 줄 알고? 우리 연희는 좋은 애로 컸을 거야. 대학을 가고 자기가 하고 싶은 일을 찾아갔겠지. 연애도 했을 거야. 행복하지 않을 이유가 없는 아이였다고!"

여자가 균탁을 마구 내리쳤다. 균탁은 오히려 여자가 자신을 더 때려줬으면 좋겠다고 생각했다. 자신이 어떻게 해도 저 마음이 풀리지 않을 것을 알기에 어떤 수모를 당해도 좋았다. 그런데 지영은 아닌 균탁은 다시 머리를 조아렸다. 지금 당장 여기서 칼을 물고 엎어져 죽으라면 그렇게 할 수도 있을 것 같았다.

"정말 잘못했습니다. 죽을죄를 지었습니다."

여자가 하! 하고 거친 숨을 터트렸다.

"죽을죄? 그래서 차에 문제가 있다고 거짓말이나 했어요?"

"그건 제가 잘못 알았습니다. 전 정말로 브레이크를 밟았다고…….."

그렇게 생각했다, 고 말하려는 순간 여자가 털썩 주저앉았다. 그러고는 그의 어깨를 잡고 쥐어뜯듯이 흔들어 댔다.

"죽고 싶으면 당신이나 죽어야지! 왜 운전도 못하면서 차를 끌고 나와. 우리 연희 살려내! 살려내라고!"

"여보!"

여자의 남편이 그녀를 말리려 했다. 그 바람에 여자가 오히려 뒤로 드러누워 버렸다. 상복의 상의가 저렇게 찬란한 아이였다. 자신이 죽인 그 아이의 미래가 다시금 균탁을 짓눌렀다. 균탁은 자신도 모르게 눈을 감았다. 차에 깔려 피를 토하던 그 얼굴이 눈앞에 떠올랐기 때문이었다.

지영이 한 걸음 앞으로 나서 두 사람을 향해 고개를 숙였다. 뒤에서 기자들이 사진을 찍어댔다.

균탁은 앞으로 나섰다. 지영이 말리려고 했지만 잡으려는 손을 피했다. 그러고는 두 사람의 앞에 무릎을 꿇었다. 엉덩이는 완전히 발뒤꿈치에 대지 못했다. 몇 년 전 무릎관절 수술을 했기 때문에 더 이상 다리가 굽혀지지 않았다. 그걸 두 사람이 오해하지는 말았으면 했다. 대신 균탁은 머리를 조아렸다. 눈물이 날 것 같아 아랫입술을 꾹 깨물었다. 지금 자신은 울 자격이 없었다.

"아빠."

지영이 그를 일으키려 했다. 그때 여자의 새된 목소리가 날아들었다.

"여기가 어디라고 와요? 당장 돌아가요!"

그러나 그 말을 듣는 사람은 없었다. 소리를 지르는 것은 자제했지만 그들은 조문실로 들어가는 세 사람의 뒤를 계속 따라왔다. 셔터 소리가 연신 복도를 울렸다.

복도를 따라 늘어서 있는 조문실 중 한 곳으로 변호사가 들어갔다. 이미 피해자들이 어느 곳에서 장례를 치르고 있는지를 알았던 모양이었다. 균탁도 그 뒤를 따라 안으로 들어갔다. 긴장이 목을 조였다.

변호사를 따라 분향실 안으로 들어갔을 때 안에는 상복을 입고 있는 남자와 여자가 있었다. 여자의 얼굴은 낯이 익었다. 경찰서에서 본 피해 학생의 어머니였다. 그녀 역시 균탁을 바로 알아본 것 같았다. 얼굴이 싸늘하게 굳었다. 그 얼굴을 마주하기가 두려워 고개를 숙이려다가 정면에 놓인 영정 사진을 보았다.

어린 태가 나는 여자아이가 놀이기구를 등지고 서서 환하게 웃고 있었다. 저렇게 예쁜 아이였다.

아무도 대답을 하지 않은 것이 오히려 대답이 된 것 같았다. 기자들이 우르르 몰려들었다.

"사고가 났을 때 차량 결함이라고 하셨다는데 사실인가요?"

"유족을 만나 무슨 말씀을 하실 건가요?"

답을 하지 않는데도 질문이 쏟아졌다. 서로 목소리를 높이는 바람에 그들이 장례식장 안으로 들어갔을 때는 소리가 벽에 부딪혀 왕왕 울렸다. 균탁은 마음이 조급해졌다. 이건 아니었다. 다른 장례객들에게도 불편을 끼치는 일일 테지만 피해자 측 유족에게도 실례가 되는 일이었다. 밖으로 나가서 대답하는 게 낫지 않을까 생각하며 걸음을 멈추는데 지영이 그의 팔을 잡아끌었다. 지영은 고개를 저었다. 균탁이 무슨 생각을 하는지 알았는지도 모른다.

변호사가 뒤를 돌아 목소리를 높였다.

"인터뷰는 재판 이후에 하도록 하겠습니다. 여기는 장례를 위한 공간이니 모두 나가주셨으면 합니다."

그렇게 말한 변호사가 벨트를 풀었다.

"내리시죠."

그 말에 지영과 균탁도 차에서 내렸다. 입구 쪽으로 가는데 계속 심장이 쿵쿵거렸다. 가슴이 조이는 것 같기도 했다. 눈앞이 흔들리는 기분이었다. 자식을 잃은 부모 앞에 어떤 얼굴로 서야 할까. 그 앞에 서는 것만으로도 고통을 불러오는 일일 것이다. 하지만 용서를 빌지 않을 수 없다. 재판에 유리하게 하기 위함이 아니라 용서를 빌지 않으면 그들에게 더 상처를 주는 일일 것이기 때문이다.

출입구 쪽으로 다가가자 몰려든 기자들 중 몇몇이 이쪽을 보는 것이 느껴졌다. 서로 수군거리는 소리도 들렸다. 고개를 숙인 채로 균탁은 변호사의 뒤를 따라 걸었다. 그런데 참 신기한 일이었다. 기자들이 어느새 자기가 누구인지를 알아본 것 같았다. 청바지에 셔츠를 입은 여자가 이쪽으로 재빠르게 걸어왔다.

"혹시 여학생 교통 사망사고 때문에 오셨나요?"

카메라를 목에 걸고 있었고 몇몇은 스마트폰에 뭔가를 적어 넣고 있었다. 뭘 기다리는 걸까. 그래도 안까지 들어가지 않은 것이 다행이라고, 균탁은 생각했다. 자식을 잃은 부모에게 카메라를 들이대는 짓은 해서는 안 될 일이다.

"누가 뭘 물어봐도 고개 들지 말고 그냥 걸어 들어가세요. 아셨죠?"

"카메라 앞에 대고 죄송하다고 해야 하는 거 아닐까요?"

지영의 말에 균탁은 당황했다. 그런 보여주기식 사과를 하러 온 것이 아니었다. 하지만 그런 말을 할 수는 없었다. 이런 일을 당하게 만든 것은 자신이기 때문이었다.

변호사가 고개를 저었다.

"일단은 피해자 가족하고 먼저 대화를 하고 나서요. 그게 얘기가 더 잘 풀릴 겁니다. 너무 재판을 염두에 두고 행동하는 게 티가 나면 오히려 역효과가 날 수 있어요."

4

장례식장에 도착했다. 운전은 변호사가 했다. 지영은 조수석에 앉았고 균탁은 뒷자리에 앉았다. 누구도 말 한마디를 하지 않았다. 지영도 나름 긴장하고 있다는 뜻이었다. 균탁은 지영을 이런 자리까지 오게 만든 게 미안했다.

변호사가 주차장 라인에 차를 맞춰 세우고 시동을 껐다. 그는 앞쪽으로 몸을 기울여 바깥을 확인하더니 낮은 한숨을 내쉬었다.

"기자들이 벌써 왔네요."

지영도, 균탁도 그쪽을 향해 고개를 들었다. 장례식장 앞에 사람들이 바글바글 모여있었다. 몇 명은

"저는 우선 그쪽에 사과하고 싶습니다."

변호사가 말을 멈추고 균탁을 건너다보았다. 지영도 고개를 돌려 그를 보았다.

"사죄가 먼저인 것 같습니다."

균탁이 다시 말하자 변호사가 고개를 끄덕였다.

"네. 피해자에게 용서를 구하려고 최선을 다했다는 점도 진심으로 반성하고 있다는 걸로 재판부에서 받아들일 겁니다. 나쁘지 않은 생각이에요."

"난……."

자신은 그런 생각이 아니었다. 진심이었다. 진심으로 사죄가 먼저라고 생각했다. 벌을 덜 받기 위해서가 아니었다. 그러나 균탁은 말문이 막히고 말았다. 변호사가 뭐가 문제냐는 듯 자신을 바라보고 있었다.

"그럼 얼마나?"

"제 경험으로 볼 때는 5천만 원 정도는 생각하셔야 할 겁니다."

그 말에 균탁은 너무나 놀랐다. 어린아이를 죽여 놓고 5천만 원이라니. 그거면 유리한 판결을 받는다니. 불합리하게 생각되었다. 그건 아니었다.

"그거면 실형은 안 받을 수 있을까요?"

"재판장의 판단에 따라 다르긴 한데, 킥보드로 인해서 사고가 유발됐고, 단순 운전 미숙인 데다가 아버님이 초범인 점도 유리하게 판단될 겁니다. 합의가 되지 않더라도 저희는 집행유예를 목표로 해보죠. 실형을 받더라도 1년을 넘지는 않을 겁니다."

균탁은 주먹을 꼭 쥐었다. 실형 얘기가 나와서가 아니었다. 이건 뭔가 잘못됐다는 생각을 놓을 수가 없었다. 한 사람이 죽었는데 여기서 이러고 있는 자신을 용서할 수가 없었다. 자신 때문에 피해를 보고 있는 딸 지영 때문에 참고 있었지만, 균탁은 결국 입을 열었다.

지만 균탁은 찻잔에 손을 뻗지 않았다.

"합의금 제시를 얼마를 할지 결정해야 합니다."

"보통 얼마나 해야 하죠? 저희는 잘 몰라서."

지영이 묻자 변호사는 잠시 뭔가를 생각했다.

"저쪽과 합의 과정에서 정하는 거라서요. 제가 생각하기에는 이쪽도 어쩔 수 없는 사정이 있긴 하지만 어린 학생이 죽었고 하니 너무 적은 금액으로는 안될 겁니다."

"합의해줄지 모르겠네요."

"네. 가끔 합의를 해주지 않는 경우도 있습니다. 그러면 공탁을 걸어놓는 게 좋습니다. 재판할 때 유리하게 작용할 겁니다. 유족과의 합의를 위해서 최선을 다했다, 라는 사정으로 참작될 겁니다."

"공탁은 얼마나 걸어야 하나요?"

"어린 학생이 죽은 경우다 보니 그 또한 너무 적은 금액으로는 안될 겁니다. 너무 적은 금액을 걸면 오히려 재판부에서 괘씸죄로 불리한 판정을 낼 수도 있어요."

하는 게 중요한 거죠."

균탁은 뭔가 이상하다는 생각을 했다. 찾든 못 찾든 중요하지 않다? 그건 '우리에게는'이라는 말을 전제로 한다. 피해자들은 어떻게 되든지 간에 일단 이쪽은 잘못을 경감받는다고 말하는 것 같았다. 그 말이 불편하게 들렸지만 말할 수는 없다. 자신 때문에 지영이 일도 못하고 이렇게 와 있다. 이렇게 상담하는 비용도 꽤 들 것이었다.

"그럼 앞으로 어떻게 하면 되는 거죠?"

"무죄를 받기는 어렵습니다. 어쨌든 운전자 과실이 사망사고로 이어진 거니까요. 하지만 과실이라는 게 중요하죠. 그리고 킥보드가 나타나서 발생한 일이라는 걸 강조하면 일이 그렇게 어렵지는 않을 겁니다. 중요한 건 합의인데요."

그때 노크 소리가 들렸다. 변호사가 말을 멈춘 사이 문이 열렸다. 들어온 것은 아까 균탁을 안내해준 직원이었다. 작은 쟁반 위에 놓인 찻잔을 세 사람의 앞에 놓아주고 나갔다. 드시죠, 하고 변호사가 권했

"그럼 갑자기 튀어나온 차는요?"

지영이 조금 흥분한 목소리로 물었다.

"그게 차가 아니고요, 저희가 블랙박스를 확인해 보니까 킥보드더라고요."

균탁도 그 말에는 놀랐다. 너무 순식간에 벌어진 일이라 옆에서 튀어나온 게 무엇인지 알지 못했다. 오토바이가 아닐까 하고 생각했는데 킥보드라니. 킥보드를 탄 사람이 왜 도로 가운데 쪽으로 왔는지 이해할 수 없었다. 킥보드는 도로 가장자리에 붙어서 주행해야 했다.

"그럼 그 킥보드 운전자는요? 그 사람 때문에 사고가 생긴 거잖아요."

지영이 목소리를 높였다.

"경찰에서 찾고 있는 중이라고는 합니다."

"못 찾으면 어떻게 되는 거죠?"

"찾든 못 찾든 그건 그렇게 중요하지 않아요."

변호사가 두 사람을 똑바로 보며 대답했다.

"킥보드가 튀어나와서 사고가 발생했다고 주장

"왜요?"

지영이 눈을 둥그렇게 뜨며 깜박거렸다. 변호사
는 일어나 책상에서 뭔가의 서류를 들고 왔다. 그러
고는 그걸 몇 번 들춰 보았는데 굳이 내용을 확인하
기 위해서라기보다는 보여주기 위한 행위 같았다.
변호사는 서류를 덮고 지영을 바라보았다.

"경찰에 확인했는데요, 차량 결함이 인정되지 않
을 것 같아요. 주변 차량의 블랙박스를 확인해 봤는
데 브레이크등이 들어오지 않았답니다."

그것이 무엇을 뜻하는 말인지 생각해보기도 전에
변호사가 균탁을 바라보았다.

"놀라서 액셀러레이터를 밟으신 거죠."

심장이 쿵, 하고 내려앉았다. 경찰에서는 브레이
크를 밟았다고 진술했다. 그런데 사실은 그게 아니
었다. 그 사실을 지금쯤 사망한 아이의 부모도 알고
있을 거였다. 분노가 얼마나 더 치받힐까. 그들에게
자신은 그저 죄를 조금이라도 감면받기 위해 거짓
말을 하는 인면수심의 범죄자일 것이다.

장을 입고 있었다. 책상에는 놀랄 만큼 많은 서류가
올라와 있었다. 남자는 지영과 인사를 하고 균탁을
향해 인사했다. 균탁도 어정쩡하게 고개를 숙였다.

"앉으시죠."

변호사의 맞은편에 앉는 지영의 옆에 균탁이 따
라 앉았다. 변호사가 몸을 앞으로 숙이며 손깍지를
꼈다.

"많이 놀라셨죠?"

그 말이 위로하는 말처럼 들려서 균탁은 또다시
이상한 감정을 느꼈다. 그리고 그 감정이 무엇인지
깨달았다. 불편함이었다. 자신은 지금 어떻게든 죗
값을 적게 받으려고 여기에 온 것이다. 그리고 이
변호사는 마치 균탁을 피해를 본 사람처럼 대하고
있었다. 거기에 따른 죄책감이었지만 균탁은 아무
런 말도 할 수 없었다. 지금 지영은 자신을 위해 최
선을 다하고 있다.

균탁은 말없이 고개를 내저었다.

"일이 조금 어렵게 됐어요."

하자 그녀가 기계적인 미소와 함께 두 사람을 어느 방 앞으로 안내했다. 거기까지 가는 동안 균탁은 주변을 둘러보았다. 사무소 안은 바깥이나 다를 것 없이 화려했다. 도심이 내려다보이는 통창에 벽과 바닥이 모두 번쩍이는 대리석 타일이었다. 안내해주는 여성을 따라 복도를 걸었는데 그 아래쪽으로 일하는 직원들이 보였다. 변호사들은 복도를 따라 길게 이어진 각각의 사무실을 이용하는 것 같았다. 복도의 중간쯤에서 멈춰선 여성이 두 사람을 돌아보고는 살짝 미소를 지었다. 그러고는 짧게 문을 노크했다. 안에서 대답이 들려오자 문을 열었다.

"노지영 님 오셨습니다."

지영이 들어오며 이름도 얘기하지 않았는데, 여성이 그렇게 말해서 균탁은 조금 놀랐다. 지영은 어제 처음 변호사를 알아본다며 나갔었는데 이틀 만에 얼굴과 이름을 완벽하게 외웠다는 뜻이었다.

책상에 앉아 있던 남자가 일어나 두 사람을 반갑게 맞이했다. 머리는 깔끔하게 빗어 넘기고 명품 정

"왜 그래?"

딸의 목소리에 눈을 뜨고 보니 어느새 차는 주차 라인 안에 들어가 멈춰 있었다. 균탁은 그저 고개를 가로저었다. 차에서 내리는 지영을 따라 균탁도 조수석 문을 열었다.

엘리베이터는 마침 지하층에 와 있었다. 나란히 엘리베이터에 올라탔다. 지영이 닫힘 버튼을 누르고 17이라고 적힌 버튼을 눌렀다. 꽤 큰 건물인 것 같았다. 엘리베이터가 17층에서 멈춰 서 문이 열렸다. 엘리베이터 바깥으로 나간 균탁의 눈이 커졌다. 복도부터 뭔가 고급스러운 느낌이 풍겨 나왔다. 정면에 '새한 변호사 사무소'라고 적힌 사무실이 있었다. 지영이 그쪽으로 다가가 열림 버튼을 누르자 유리로 된 자동문이 옆으로 밀려 열렸다. 지영이 뒤를 돌아보았다. 뭔지 알 수 없는 이상한 기분을 느끼면서 균탁은 딸의 뒤를 따랐다.

"박창준 변호사님 만나러 왔는데요."

깔끔한 투피스 정장을 입은 여성에게 지영이 말

은 차를 출발시키며 정면을 응시한 채 대답했다.

"며칠 휴가 냈어."

그렇게 말한 지영이 옆을 돌아보았다.

"신경 쓰지 않아도 돼. 그런 얼굴 하지 마."

지영의 마음이 고마웠다. 그럼에도 무거운 마음
은 쉬이 사라지지 않았다. 앞으로 어떻게 되는 걸
까. 죄를 지었으니 처벌은 받아도 좋다. 하지만 그
렇다고 해도 죽은 아이는 돌아오지 않는다. 그 부모
는 평생 멍에를 안고 살아갈 것이다. 입장을 바꿔놓
고 생각하면 심장이 터지는 기분이 들었다. 지영이
그런 죽임을 당했다면 자신은 살 수 없을 것이었다.
그 죄를 다 어떻게 갚아야 할지 알 수 없었다.

지영이 차를 한 건물의 지하 주차장으로 몰고 들
어갔다. 미끄럼 방지를 위해 우레탄을 깐 바닥에 바
퀴가 부딪치면서 거친 소리를 냈다. 그 소리가 사고
당시의 기억을 불러내었다. 균탁은 눈을 질끈 감았
다. 그리고는 손잡이를 꾹 잡았다. 심장이 벌벌 뛰
었다.

이 창창한 어린아이의 인생을 망가트렸다. 그건 부정할 수 없는 사실이었다.

　다음 날은 지영과 함께 변호사 사무소로 갔다. 밤에 한숨도 못 잔 데다, 이상하게 아무런 힘이 없어서 움직이고 싶지 않았다. 그러나 같이 나가자는 지영의 말을 거절할 수는 없었다. 일을 이렇게 만든 게 누구인데 거절을 하겠는가. 무기력한 몸을 이끌고 지영의 차에 올라탔다.

　다솔은 정한이 아침 일찍 학교에 데려다주고 출근했다. 다솔은 왜 이렇게 일찍 학교에 가게 하느냐며 칭얼댔다. 지영이 그런 다솔을 나무랐다. 짜증이 섞여 있는 목소리였다. 다솔은 왜 자신에게 화를 내냐며 억울해했다. 그 말간 눈이 빨갛게 달아올라 울먹이며 아빠의 손을 잡고 나갔다. 모든 것이 자신 때문이었다.

　"회사는?"

　지영의 차에 올라타며 조심스럽게 물었다. 지영

'죽고 싶으면 지나 죽지. 그 어린애가 무슨 죄가 있다고.'

'늙은이들은 운전을 아예 못 하게 해야 한다.'

균탁은 휴대폰을 내려놓고 얼굴을 감싸 쥐었다. 틀린 말은 하나도 없는 것 같았다. 차라리 자신이 죽었다면 다행이었을 것 같았다. 지금이라도 일을 되돌릴 수 있다면, 둘 중 하나가 죽어야 한다면 자신이 앞장서 죽고 싶었다.

"기자들도 어이없어! 굳이 70대가 10대를 죽였다고 써야 돼? 교통사고로 죽는 사람은 많잖아! 그럴 때마다 이렇게 써? 아니잖아. 일부러 노인이 죽었다는 걸 강조하려는 거라고!"

화가 난 지영의 목소리가 들려왔다. 지금껏 목소리를 낮추고 정한과 이야기를 나누고 있었던 모양이다. 그러다 지영이 발끈한 것 같았다. 균탁은 고개를 내저었다. 뉴스에서 하는 말들, 댓글들. 뭐 하나 틀린 말은 없었다. 죽을 날이 얼마 안 남은 자신

몰랐다. 엉망이 된 차가 사진에 그대로 찍혀 있었
다. 그 시간 그때로 돌아가는 기분이 느껴져서 균탁
은 아랫입술을 질끈 깨물었다.

기사를 천천히 읽었다. 뉴스는 균탁의 사고를 간
략하게 설명하고 있었다. 70대의 노인이 10대 소녀
를 사망케 했다는 문장을 필두로 일목요연하게 사
고가 정리되어 있었다. 게다가 균탁이 운전 실수임
에도 차량 결함을 주장했다고 적혀 있었다. 분명 없
는 일은 아니었지만 어감이 무척이나 다른 문장이
었다. 균탁은 그 순간 정말로 차가 이상했다고 생각
했다. 그것을 말했을 뿐 운전 실수를 감추려고 했던
것은 아니었다. 아니나 다를까, 아래쪽에 달린 댓글
은 다 균탁을 저격하고 있었다.

'노인네가 집에서 가만히 숨이나 쉬고 있지 왜 앞
길 창창한 애를 죽여.'
'양심도 없다. 어떻게 사람을 죽이고 차가 문제라
고 거짓말을 해?'

걸 보니 티브이도 켜지 않은 것이다. 자신 때문에 온 가족이 죄인처럼 숨죽여 움직이고 있다. 균탁은 마음이 괴로워 심장을 쥐어뜯고 싶었다.

균탁은 등 뒤에 숨겼던 휴대폰을 꺼냈다. 아까 정한이 말했던 '큰일'이라는 게 못내 마음에 걸렸다. 휴대폰을 켜고 인터넷에 접속했다. 정한의 말로 자신이 벌인 짓이 뉴스로 보도됐다는 것을 짐작할 수 있었다. 뉴스 화면을 켜자 바로 사고 기사가 그의 눈을 사로잡았다.

〈영인시 버스정류장에서 승용차가 행인 덮쳐, 10대 청소년 사망. 운전자는 70대 노인〉
〈70대 노인이 운전하는 차에 10대 소녀 숨져〉

관련된 후속 기사들이 아래쪽으로 줄줄이 이어져 있었다. 균탁은 두 번째 뉴스를 클릭해 보았다. 사건 현장의 사진이 있어서 눈을 질끈 감았다. 사고가 난 직후 경찰이 출동했었는데, 기자도 와 있는 줄은

"죄송해요."

그 말에 균탁이 놀란 얼굴을 했다. 죄를 지은 건 이쪽이다. 자신 때문에 아이 하나가 죽었다. 그 가족은 엉망이 됐을 거였다. 마음이 엉망이 된 것은 지영이나 정한도 마찬가지일 것이다. 지영은 일도 제대로 하지 못하고 변호사를 알아보려 뛰어다녔을 것이었다. 정한도 마음이 편치만은 않을 것이었다.

"자네가 왜?"

"저희 때문에 그런 일이 났잖아요. 저희가 다솔이만 맡기지 않았어도……."

"아니야. 다 내 잘못인걸. 자네한테 얼굴을 들 수가 없네."

"식사하세요. 아버님."

"난 괜찮아. 얼른 나가서 식사하게."

정한은 어정쩡한 얼굴을 하고 있다가 어쩔 수 없다는 듯 일어나서 나갔다. 한참이 지나도록 바깥에서 대화 소리는 들리지 않았다. 정한은 식사하며 항상 저녁 뉴스를 보곤 했다. 그 소리도 들리지 않는

속을 시켰을 것이었다. 알 수 없는 불안감이 가슴속을 뻐근하게 채웠다. 방바닥에 아무렇게나 던져둔 휴대폰을 쥐어 들었다. 그때 노크 소리가 들렸다. 균탁은 휴대폰을 뒤로 숨겼다.

문을 열고 들어온 것은 정한이었다.

"아버님, 괜찮으세요?"

고개를 끄덕이면서도 균탁은 자신이 괜찮다고 대답해도 되는 것인지 알 수 없었다. 자신이 괜찮은 건지 파악할 수 없었고, 괜찮은 것만으로도 죽은 아이에게 죄를 짓는 일인 것 같았다. 이 시간, 영인시의 어느 장례식장에서는 아이의 부모가 피 끓는 오열을 하고 있을 것이다. 그 생각만 하면 자신이 괜찮은 게 이상하게 느껴졌다.

"식사 안 하셨다면서요. 식사하셔야죠."

"입맛이 없어. 난 괜찮아. 얼른 가서 식사하게."

"그래도⋯⋯."

정한이 우물쭈물했다. 다시 한번 괜찮다고 대답하려는데 정한이 말을 이었다.

을 하지 않으니 조심스럽게 문을 열었다. 지영은 식사 준비가 다 됐다고 했다. 균탁은 대답 없이 고개를 저었다. 먹을 생각도, 먹을 자격도 없었다. 지영은 강권하지 않고 방을 나갔다.

그로부터 시간이 꽤 지나간 것 같았다. 방바닥에 내려앉아 있던 빛이 완전히 사그라졌을 무렵, 바깥에서 두런거리는 소리가 들렸다. 목소리를 듣자 하니 사위인 정한이 돌아온 것 같았다.

"아버님은?"

그다지 방음이 좋은 집도 아니었지만 정한은 평소에도 목소리가 컸다. 방문 너머에서 하는 대화가 그대로 균탁에게 들려왔다. 지영의 목소리는 들려오지 않았다. 그저 균탁의 방문을 가리키는 걸로 대답을 대신했을 것이다.

"뉴스 봤어? 완전 난리 났어."

균탁은 고개를 들었다. 소리가 난 방문 쪽을 보았다. 뭐가 난리가 났다는 것인지 궁금했지만 더 이상 넘어오는 소리는 없었다. 분명 지영이 정한의 입단

45

런데 왜 일이 이렇게 됐는지 알 수 없었다.

그 학생은 차에 치이며 얼마나 고통스러웠을까. 얼마나 무서웠을까. 그걸 생각하면 온몸이 오그라드는 기분이었다. 지금은 차디찬 영안실 냉동고에 들어가 있을 것이었다. 그 부모는 지금 얼마나 괴로울까. 자식을 앞세우는 심정을 균탁은 입장을 바꿔보기만 해도 알 것 같았다. 자신의 몸이 타들어 가는 지옥 속에 있을 것이었다. 그리고 그 지옥 속에 밀어 넣은 것이 자신이라는 사실이 끔찍했다.

경찰서에서 조사를 마치고 집으로 돌아온 후 균탁은 내내 방에만 박혀 있었다. 변호사를 알아보고 오겠다던 지영이 다솔을 데리고 돌아와 방문을 열었을 때도 균탁은 낮은 목소리로 대답만 하고 말았다. 변호사를 만나고 온 일이 어떻게 됐는지 궁금하지도 않았다. 그저 딸아이를 볼 면목이 없었다. 모든 사실이 거짓말 같았다. 이게 꿈이었으면 좋겠다는 생각을 했다.

지영이 다시 한번 균탁의 방문을 노크했다. 대답

3

균탁은 자신의 방안에 앉아 있었다. 벽에 기대어 창에서 사선으로 들어오는 빛이 점점 줄어드는 걸 멍하니 바라보았다. 몸은 몹시 피곤하고 눈꺼풀은 무거운데 잠이 오지 않았다. 누울 마음도 없었다. 자신이 누울 자격이 있는지 알 수 없었다.

차가 튀어 나갈 때의 느낌이 몸에 들러붙어 있는 것 같았다. 눈을 감으면 울컥 피를 토하던 학생의 얼굴이 떠올랐다. 적막해질 때면 아이의 엄마가 온몸을 뒤틀며 울부짖는 소리가 들려오는 것 같았다. 자신이 사람을 죽였다. 그 사실이 무섭게 그를 짓눌렀다. 아침에는 분명 평소와 같이 시작을 했다. 그

"왜요?"

"용서를……."

무릎이라도 꿇어야 할 것 같았다. 하지만 장 경위는 고개를 저었다.

"지금은 그러지 않으시는 게 좋을 것 같습니다."

그리고 장 경위는 이어 말했다.

"오늘 조사는 여기까지 하시고 남은 조사는 다시 소환할 테니 댁으로 돌아가세요."

균탁은 자신의 귀를 의심했다. 사람을 죽였는데, 자신은 편안한 집으로 돌아가라는 게 이상하게 들렸다.

빠르게 다가와 남자와 여자를 데리고 어딘가로 들어갔다. 여자는 들어가는 내내 짐승처럼 울부짖었다. 그 소리가 자신의 가슴을 찢어버리는 것 같았다.

"일어나세요."

장준철 경위가 균탁을 일으켜 세웠다. 균탁은 다리에 힘이 풀려 다시 한번 주저앉았다. 장준철 경위가 도와주어 의자에 앉을 수 있었다. 다리가 후들거리고 온몸에 힘이 빠졌다. 무력감이 온몸을 지배했다. 자신은 죄인이었다. 저 사람을 저렇게 짐승처럼 울부짖게 만들었다. 그들에게서 생때같은 자식을 빼앗아 갔다. 길가에서 허망하게 죽도록 만들었다. 처참하고 지독한 죽음이었다. 그 모든 것이 자신이 한 일이었다.

뒤늦게서야 자신이 하지 못한 일을 깨달았다.

"아까 두 분을 좀 만나게 해주세요."

어느새 균탁은 울고 있었다. 장 경위가 미간을 찌푸렸다.

다.

"나는……. 정말……."

그렇게 말했을 때였다.

"여보!"

한 남자가 안으로 달려 들어왔다. 여자의 남편인
듯했다. 남자는 여자를 일으키려 애썼다. 여자는 균
탁의 멱살을 놓치고 다시 잡으려고 뻗은 팔을 버둥
거렸다. 균탁은 남자가 여자를 말리지 않기를 바랐
다. 자신을 쥐어 잡고 찢어놓더라도 모든 것을 받아
들여야 한다고 생각했다. 자신에게도 자식이 있었
다. 그 자식을 누군가 죽인다면 자신이라도 용서할
수 없을 것 같았다. 용서받지 못할 죄였다. 여자가
그러는 건 당연한 일이었고, 그녀가 하고 싶은 모든
일을 다 당할 용의가 있었다.

"여보 그만해!"

"지금 조사 중입니다. 여기서 이러시면 안 돼요.
이봐!"

장준철 경위가 누군가에게 손짓했다. 한 여자가

바랐다. 그녀의 손에 찢겨 죽어도 자신은 용서받을
수 없을 것 같았다. 그는 처분만을 기다리는 사형수
처럼 고개를 숙인 채 가만히 있었다.

"왜 그랬어? 왜?"

"어머님! 지금 조사 중이에요!"

소리를 지른 장준철 경위가 누군가를 향해 고갯
짓을 했다. 어딘가에서 달려온 직원들이 여학생의
어머니를 잡아당겼다. 여자는 두 사람의 힘에도 균
탁의 멱살을 놓지 않았다. 덕분에 여자와 균탁까지
바닥을 구르고 말았다. 여자가 거의 그에게 매달린
채로 악다구니를 썼다.

"죽고 싶으면 당신이나 죽어야지! 운전도 못 하면
서 왜 차를 끌고 나와! 우리 연희 살려내! 살려내라
고!"

"어머님!"

장준철 경위가 균탁에게서 그녀를 떼어 놓았다.
균탁은 턱을 덜덜 떨었다. 자신의 죄가 너무 무거웠
고, 자신의 죄로 사람이 죽었다는 게 너무 무서웠

해 학생의 어머니라는 직감이 들었다. 균탁은 주춤거리며 일어섰다.

장준철 경위가 따라 일어나 여자의 옆으로 갔다.

"민연희 양 어머님 되십니까?"

민연희. 균탁의 가슴에 그 이름이 박혔다. 자신 때문에 피를 쏟고 죽던 그 여학생의 이름일 것이었다. 그 이름을 균탁은 평생 잊지 못하리라는 예감을 했다.

장준철 경위가 말을 걸었지만 여자는 균탁에게서 눈을 떼지 않았다. 불같이 이글거리는 눈이 균탁을 태워버릴 것만 같았다. 결국 그녀는 균탁의 멱살을 움켜쥐었다.

"당신이 우리 연희를 죽였어?"

고개를 숙이는 것밖에 할 수 있는 일이 없었다.

"어머님! 이러시면 안 됩니다!"

장준철 경위가 소리를 지르며 그녀를 말리려 했다. 그래도 그녀는 균탁을 잡은 손을 놓지 않았다. 균탁은 장준철 경위가 그녀를 막지 않았으면 하고 장준철 경위가 키보드를 쳐 뭔가를 입력하다 말고 손을 우뚝 멈췄다. 그러고는 균탁을 응시했다. 뭔가를 생각하는 것 같더니 곧 균탁을 똑바로 보고 대답했다.

"현장에서 사망했습니다."

심장이 쿵, 내려앉았다. 그것과 동시였다. 출입문이 와락 열리며 소란이 일었다. 균탁은 다른 조사를 받으러 온 사람이 있는가, 하는 생각만 할 뿐 뒤를 돌아보지 못했다. 사망했다는 말만 계속 귓가를 맴돌았다. 자신이 차를 빼는 순간 피를 울컥 쏟던 모습이 눈앞을 떠나지 않았다. 그러지 않았으면 살지 않았을까.

"이 사람이……. 이 사람이……."

뒤에서 들려온 목소리는 파들거리며 떨고 있었다. 균탁은 그런 목소리를 처음 들어 보았다. 분노와 악의와 경멸이 담긴 목소리가 자신을 향하고 있었다. 균탁은 뒤를 돌아보았다. 한 여성이 얼굴이 하얗게 질린 채 가쁜 숨을 내쉬고 있었다. 곧장 피

"네."

"그럼 차량의 결함이 있다고 말씀하시는 거예요?"

"예?"

균탁이 고개를 들었다.

"브레이크를 밟았는데 차가 튀어 나갔다면 차가 문제가 있다는 뜻 아닙니까?"

"그건……."

"차에 블랙박스 있으시죠?"

"있습니다."

"블랙박스 칩 제출에 동의하시죠?"

"네."

옆에서 튀어나온 그 검은 형체에 대해 균탁도 알고 싶었다. 차는 아마도 폐차가 될 것이었다. 폐차가 되지 않아도 두 번 다시 차의 운전대를 잡을 수는 없을 것 같았다. 균탁은 머뭇거리다가 고개를 들었다.

"피해 학생은…… 어떻게 됐습니까?"

균탁은 떨리는 목소리로 이름과 주소를 말했다. 맞은편의 형사가 그걸 컴퓨터에 입력해 넣는 것 같았다. 자꾸 입이 말랐다. 속이 타들어 가는 것 같았다.

"어디를 가시던 길이었습니까? 사고 전에요."

"손주를 학교에 데려다주고 오는 길이었습니다."

"사고 경위를 설명해 주시겠어요?"

균탁은 침을 한번 삼켰다.

"집에 거의 다 와서 우회전하려 할 때였어요. 핸들을 튼 상태였는데 갑자기 왼쪽에서 뭔가 시커 먼 게 툭 튀어 나왔어요. 깜짝 놀라서 브레이크를 밟았는데 차가 앞으로 확 튀어 나갔습니다."

"브레이크를 밟으셨는데 차가 튀어 나갔다고요?"

균탁은 눈을 깜박였다. 지영의 얼굴이 머릿속을 스쳤다.

"그랬습니다."

"분명히 브레이크가 맞았습니까?"

가로 가고 균탁은 혼자 남았다. 그는 자신도 모르게
입술을 혀로 훑으며 주변을 보았다. 어딘가에 전화
를 거는 사람, 컴퓨터에 뭔가를 입력해 넣는 사람들
이 보였지만 자신처럼 죄를 지어 조사를 받는 사람
은 없는 것 같았다. 자꾸만 왜 일이 이렇게 됐는가,
하는 생각이 그를 괴롭혔다.

"오래 기다리셨죠?"

목소리가 들려 고개를 들었다. 스포츠형 머리를
한 덩치 좋은 남자가 균탁의 맞은편 책상에 앉았다.
운동을 많이 했는지 두툼한 겨울 스웨터를 입고 있
어도 근육질이라는 게 느껴질 정도였다. 아까 균탁
을 데리고 온 사람들처럼 그도 경찰 공무원증을 목
에 걸고 있었다.

"교통조사과의 장준철 경위입니다. 앞으로 선생
님 사건을 맡게 됐습니다."

"네."

"간단히 조사할 건데요. 우선 성함과 주소를 말씀
해주시죠."

은 지영이 팔을 잡는 바람에 뒤를 돌아보았다.

"난 변호사 좀 알아보고 갈게요. 내가 한 말 잊지
마."

형사들이 타고 온 차는 일반 승용차와 다를 것이
없었다. 차는 오후의 도로를 달려 영인경찰서로 미
끄러져 들어갔다. 차가 멈춰서자 옆에 앉은 형사가
먼저 내렸다. 둘을 따라 경찰서 안으로 들어갔다.

"계단 괜찮으시겠어요?"

균탁은 고개를 끄덕였다.

두 사람이 간 곳은 3층이었다. '교통과'라고 안내
판이 붙은 문을 밀어 열고 들어갔다.

"여기 앉아서 잠시 기다리세요."

두 사람 중 한 사람이 어떤 책상 앞으로 균탁을 데
리고 갔다. 책상에는 노트북과 노트 같은 것들이 꽂
혀 있었는데 그 옆으로 알 수 없는 서류들이 산처럼
쌓여 있었다. 노트북 맞은편에 있는 철제의자에 균
탁은 가만히 앉았다. 그를 데리고 온 사람마저 어딘

가를 말하는 듯 눈을 맞추고는 고개를 한번 크게 끄덕였다. 그러고는 침대에 둘러쳐진 커튼을 걷었다.

두 명의 남자가 서 있었다. 둘 다 사복을 입고 있었지만 바로 형사라는 걸 알았다. 경찰 공무원증이라고 적힌 것을 목에 걸고 있었다.

"경찰입니다. 많이 아프세요?"

"아닙니다. 괜찮습니다."

"따님이신가요?"

"네, 맞아요."

지영이 대답했다.

"의사에게 물으니 타박상 외에는 큰 이상이 없다고 하더군요. 괜찮으시면 잠깐 경찰서로 가시겠어요? 조사가 필요합니다."

"네. 저는 괜찮습니다."

가슴에 무거운 것이 얹힌 듯 뻐근했다. 두려운 마음이 들었다. 그러나 자신이 감내해야 할 일이다. 균탁이 침대에서 내려와 신발을 신는 것을 보고 형사 두 명이 몸을 돌렸다. 그 뒤를 따라가려던 균탁를 밟았다는 확신이 들지 않았다. 자신의 머리가 어떻게 된 것 같았다.

균탁이 대답을 못 하고 있자 지영이 주변을 둘러보고는 침상으로 한 발짝 가까이 다가왔다. 그러고는 목소리를 낮춰 말했다.

"경찰이 조사 올 거예요. 그럼 분명히 브레이크를 밟았다고 말해야 해요."

"그게 기억이……."

지영이 단호하게 그의 말허리를 잘랐다.

"기억이 명확하든 명확하지 않든, 그게 중요한 게 아니야. 브레이크를 밟았다고 꼭 말하셔야 해요."

지영의 그런 얼굴은 처음 보았다. 단호하면서도 거절 못 할 힘 같은 게 서려 있었다. 균탁은 고개를 끄덕거렸다.

"노균탁 씨?"

갑자기 목소리가 들려서 균탁은 어깨를 흠칫했다. 지영이 옆을 보더니 고개를 끄덕이는 것이 보였다. 지영은 다시 한번 균탁을 향해 고개를 돌려 뭔

"대체 어떻게 된 거예요?"

"다솔이를 데려다주고 집으로 돌아오는데……."

균탁은 생각나는 대로 최대한 자세히 이야기하기 시작했다. 자신이 괜찮은지를 먼저 묻지 않는 딸에게 서운함을 느낄 새도 없었다. 왼쪽에서 뭔가가 끼어들었다고 말할 때 지영은 눈을 빛냈다.

"브레이크를 밟는다고 밟았는데 차가 갑자기 튀어 나갔어."

"잠깐만요."

지영이 균탁의 말을 잘랐다.

"브레이크를 밟은 거 맞죠?"

"그러니까 밟는다고 다리를 뻗긴 뻗었는데……."

"아빠!"

균탁이 눈을 크게 뜨고 지영을 보았다.

"잘 생각해보세요. 브레이크를 밟은 거 맞아요?"

그렇게 말하니 혼란스러웠다. 왜 그런지 그 순간이 잘 기억나지 않았다. 다리를 뻗은 감각은 분명 있었는데, 지영이 그렇게 물으니 제대로 브레이크

구급차가 병원 응급실로 들어갔다. 균탁은 안으로 들어가 주변을 살펴보았다. 소란스러워 보이는 구역은 없었다. 그 학생은 어느 병원으로 갔을까. 부디 무사해야 할 텐데. 그런 생각을 하는데 간호사 복을 입은 여자가 다가와 말을 걸었다.

"구급차 타고 오셨죠? 일단 이쪽 침대로 누우세요."

균탁은 그녀가 하라는 대로 했다. 거의 반은 얼이 빠져 있었다. 시키는 대로 엑스레이를 찍고 오기도 했지만 멍한 정신은 잘 돌아오지 않았다.

"아빠!"

시간이 얼마나 지났을까. 지영의 목소리가 들려왔다. 균탁이 침대에서 일어났다. 온몸에 아프지 않은 데가 없었다. 사고가 날 때 부딪쳤는지 가슴도 아팠고, 웬일인지 다리가 욱신거렸다. 하지만 아프다고 생각할 때마다 피를 토하던 여학생의 모습이 떠올랐다. 아프다고 생각하는 것만으로도 죄를 짓는 기분이었다.

게 너무 쓰레기 같았다.

"자녀분은요?"

"딸이 있긴 한데……."

"빨리 연락하세요. 다친 것도 그렇지만 사고 조사를 혼자 받으실 수는 없잖아요."

균탁은 구급대원의 얼굴을 멍하니 바라보았다. 서른도 채 되지 않았을 것 같은 앳된 얼굴이었다. 자신을 진심으로 걱정하는 게 느껴진다. 사고 조사를 혼자 받을 수 없다는 얘기는 아마도 균탁이 고령의 노인이기 때문일 것이다. 그런 일들은 젊은 사람이 처리해야 더 정확할 거라 생각하는 거겠지.

균탁은 지영에게 전화를 걸었다. 신호음이 계속 울렸지만 받지 않았다. 지금은 수업 시간일 거라 그럴 것이었다. 쉬는 시간에 부재중 통화를 보면 전화를 해올 것이다. 균탁은 자신이 사고를 냈다는 내용과 함께 구급대원에게 병원을 물어 병원 이름을 문자로 전송했다. 딸이 얼마나 놀랄지를 생각하니 마음이 무거웠다.

고…. 자신이 차에서 내렸을 때는 참상이 벌어져 있었다.

생각지도 못한 일에 넋이 나가 있었는데 누군가 차를 빼라고 소리를 질렀던 게 기억이 난다. 허겁지겁 올라타 차를 뒤로 뺐다. 그리고 내렸을 때 학생이 피를 울컥 토했다. 주변에서 비명이 들려왔다. 균탁은 머리를 감싸 쥐었다. 차를 빼지 않았다면 부상이 덜했는지도 모른다는 생각이 균탁을 괴롭혔다.

"보호자께 연락 안 하셔도 되겠어요?"

균탁은 고개를 들었다. 딸에게 이 소식을 전하면 무척이나 놀랄 것이었다. 그렇다고 말하지 않을 수도 없었다. 곧 경찰 조사를 받게 될 테고 그렇게 되면 다솔이를 데리러 가지 못한다. 딸에게 비밀로 할 수 없다.

그런 생각을 하다가 균탁은 놀랐다. 자신이 엉망으로 만들어 버린 그 아이보다 다솔이를 데리러 가지 못하는 걸, 딸이 걱정하는 걸 더 우려하고 있는 차의 보닛이 마치 자신의 머릿속과 같았다.

"다리를 좀 저시는 것 같은데, 일단 병원에 가시죠."

"그 학생은……."

"병원으로 옮겼습니다. 선생님도 병원에 가보셔야 할 것 같아요."

"경찰은요?"

"경찰에 접수는 됐습니다. 곧 찾아올 거예요."

균탁은 구급대원이 이끄는 대로 구급차에 올라탔다. 당장 아파 죽을 정도는 아니었지만, 지금은 자신이 뭘 해야 하는지 아무것도 생각나지 않았다. 그저 시키는 대로 이끌려 다니는 것밖에는. 뭔가에 홀린 듯한 기분이 들었다.

차에 올라탔다. 한사람이 겨우 누울만한 자리가 있었는데 구급대원이 거기에 누우라고 했지만 균탁은 고개를 저었다. 차가 출발하면서 몸이 흔들렸다. 동시에 그 기억이 머릿속에 떠올랐다. 차가 앞으로 튀어 나가고, 굉음과 함께 어딘가에 박혔다. 그리

26

2

균탁은 병원에 있었다. 사고를 당한 학생을 쫓아
온 것은 아니었다. 주변에 있던 시민의 신고로 출동
한 구급대원들이 피해 학생을 싣고 어딘가로 간 다
음까지 균탁은 거의 넋이 나가 있었다. 그런데 누군
가 그의 팔을 잡았다. 돌아보니 또 다른 구급대원이
었다.

"괜찮으세요?"

자신이 괜찮은지 아닌지 균탁은 알 수 없었다. 그
렇지만 일단 고개를 끄덕였다. 왜 일이 이렇게 된
건지, 그 학생은 얼마나 다쳤는지, 자신이 어떻게
해야 하는지, 머릿속이 뒤엉켰다. 종이처럼 구겨진

했다. 균탁은 기울어진 차 문을 밀어 열고 겨우 내렸다. 뭔가에 이끌리듯 차의 앞쪽으로 갔다. 그리고 그 자리에 주저앉았다.

차와 버스정류장 부스 사이에 한 여학생이 끼어 있었다. 그냥 봐도 처참한 상태였다.

그렇게 균탁의 세상이 뒤집혔다.

만 손주에게 먹이는 것까지 돈을 받을 수는 없다.

그런 소소한 생각을 하는 사이 사거리에 다다랐다. 여기서 우회전을 해야 했다. 우회전 깜빡이를 켜고 천천히 핸들을 돌렸다. 그때였다.

왼쪽에서 뭔가가 눈앞으로 확 끼어들었다. 그게 무엇인지 인지하기도 전에 균탁은 반사적으로 핸들을 틀며 브레이크를 향해 다리를 쭉 뻗었다. 차를 멈춰야 했다. 그런데 차가 굉음을 내며 앞으로 튀어나갔다. 핸들이 돌아간 상태라 차는 인도의 연석을 넘어 위로 튀어 올랐다. 균탁의 몸이 앞뒤로 크게 흔들렸다. 가슴이 핸들에 부딪혔고 다시 시트로 떨어졌다. 목이 휘꺼덕 넘어갔다. 인도를 타고 올라간 상태에서 차가 멈췄고, 충격 때문인지 와이퍼가 제 혼자 윙윙거리며 양옆으로 흔들렸다.

무슨 일인지 파악하기도 전에 균탁의 귀를 찢고 들어오는 비명이 있었다. 균탁은 고개를 들고 앞을 보았다. 사람들이 차의 앞쪽을 보면서 비명을 지르고 있었다. 누군가는 급히 어딘가로 전화를 걸기도 그렇게 말한 다솔은 밝게 웃으며 균탁을 향해 손을 흔들었다. 균탁 역시 사랑스러운 손주를 향해 손을 흔들었다. 다솔이 내리고도 균탁은 한참을 차에 앉아 있었다. 다솔이 완전히 학교에 들어가는 걸 보기 위해서였다. 그러지 않으면 안심이 안 된다.

다솔이 학교에 들어가는 것까지 확인한 후에야 균탁은 다시 시동을 걸어 차를 출발시켰다. 이제는 집에 가서 설거지를 하고, 빨래를 돌려놓고, 그사이 청소를 할 생각이었다. 청소가 끝나면 빨래를 다시 건조기에 넣고 슈퍼에 가야 한다. 아침에 다솔이 먹는 요구르트가 마지막 병이었던 게 생각이 났기 때문이다. 다솔은 매일 아침 유산균이 들어간 요구르트를 마셔야 배변을 잘했다. 채소를 워낙 안 먹어서 그렇다고 지영이 매일 걱정하지만 그렇다고 억지로 아이 입에 넣을 수도 없는 노릇이고 걱정이다. 요구르트를 사며 다솔의 간식도 몇 가지 살 생각이다. 집에 간식거리가 떨어졌다. 가끔 집에 생활용품을 채워놓는 대신 지영이 용돈 삼아 돈을 주기도 하지

22

"나 여기 있을게. 빨리 갔다 와."

"그래. 그럼 가만히 있어야 한다."

그렇게 말했지만 안심은 되지 않았다. 균탁은 잘 뛰지도 못하는 다리를 휘적거리며 집을 향해 걸음을 옮겼다. 마음은 급했지만 다리가 마음만큼 빨리 움직여 주지 않았다. 차라리 버스정류장으로 가는 게 빠를지도 모를 일이었다.

나중에 균탁은 그 일을 후회했다. 거기서 그냥 버스를 타러 갔어야 했다고. 하지만 그때의 균탁은 집을 향해 빠르게 걸음을 옮기는 것 외에 다른 생각은 할 수 없었다.

차 키를 가지고 돌아왔을 때 다솔은 그 자리에 있었다. 다솔을 옆자리에 태우고 학교로 향했다. 이미 학교 앞은 아이들을 데려다주러 온 부모들의 차로 복잡하기 그지없었다. 조금 떨어진 곳에 차를 세워 주었다.

"학교로 들어갈 수 있지?"

"그럼."

다솔의 말에 균탁은 생각에서 벗어나 고개를 들었다. 다솔의 그릇은 비어 있었지만 식탁에는 음식물이 무척 지저분하게 떨어져 있었다.

"그래, 들어가서 가방 메고 나와."

균탁은 빈 그릇들을 치우고 테이블을 닦았다. 다녀와서 설거지를 하면 될 것 같았다. 가방을 메고 나오는 다솔을 데리고 집을 나섰다.

차는 집에서 조금 떨어진 공터에 세워놓았다. 시에서 만든 임시 주차장으로 저녁에는 거의 자리가 없지만 아침에는 빈자리가 많았다. 다솔을 데려다주고 돌아와도 빈자리가 많을 터였다. 아침부터 기분이 좋은지 흥얼거리는 다솔의 손을 잡고 임시 주차장 쪽으로 가던 균탁이 문득 걸음을 멈췄다.

"아이고!"

왜 그러냐는 듯이 다솔이 올려다보았다. 균탁은 난감한 듯 말했다.

"할아버지 차 열쇠 두고 왔다."

식탁 위에 두었던 차 키를 들고 오지 않은 것이다.

거리기 시작했다. 결국 그날 택시를 잡아 학교까지 간 시각은 이미 1교시를 훨씬 넘긴 뒤였다.

그 얘기를 들은 지영이 다음 날부터 택시를 잡아 주었다. 휴대폰으로 예약을 하면 되는 모양이었다. 그런데 그것도 온전히 편하지만은 않았다. 택시 운전사가 집 앞에 와 두 사람을 발견하지 못하면 전화를 하는데 그 시간에 지영은 학원에 있기 때문에 전화를 거의 받을 수가 없었다. 한참 헤맨 택시 기사가 지영에게 전화해 싫은 소리를 한 뒤로 균탁은 운전을 안 하겠다고 하기가 어려워졌다.

그래서 균탁이 운전을 한 게 3일째였다.

"거봐, 운전하는 게 편하지?"

그렇게 말하는 지영의 얼굴은 흡족해 보였다. 균탁이 운전하는 게 편한 것은 지영 같았다. 그러잖아도 택시비도 만만찮다는 소리를 심심치 않게 하던 터였다. 균탁도 다솔을 고생시킬 것 없이 자신이 조심해 운전하면 된다고 생각했다.

"할아버지, 나 다 먹었어."

다. 균탁은 얼른 다솔을 앞에 세우고 중심을 잡았
다. 자리에 앉아 있던 학생이 떨떠름한 표정을 하더
니 마지못해 일어섰다.

"아니, 괜찮은데."

그날 이후로도 버스에서 균탁은 불청객이나 다름
없었다. 버스 기사들도 그렇지만 균탁이 탈 때마다
자리에 앉아 있던 학생이나 젊은이들은 억지로 자
는 척을 하거나 불편한 기색을 보이기도 했다. 짜증
스러운 소리를 내며 자리를 비켜주는 학생도 있었
다. 그러려면 차라리 양보해주지 않으면 되는데도
굳이 신경질적인 반응을 보였다. 균탁은 그럴 때마
다 자신이 작아지는 것만 같았다.

택시를 타려고 했던 날도 있었다. 버스 운전기사
들이 파업했다고 뉴스에서 보도한 날이었다. 그날
만 운전을 할까 하는 생각도 있었지만 택시를 쉽게
잡을 수 있을 거라고 생각했다. 그런데 큰 오산이었
다. '예약'이라고 불을 켠 택시만 지나갈 뿐 택시는
쉽게 잡히지 않았다. 다솔은 이러다 늦는다고 징징

에 균탁은 타기 전에 다시 한번 버스 기사에게 물었다.

"이거 은파 초등학교 갑니까?"

그 말에 돌아오는 대답은 없었다. 버스 기사가 고개를 틀어 그를 보았을 뿐이었다. 어쩌라는 건가 싶어 가만히 그를 보자 버스 기사가 인상을 썼다.

"타라고요!"

불친절한 그의 태도에 화가 났지만 일단 버스에 올라탔다. 딸이 아침에 챙겨준 교통카드를 기계에 찍었다. 그사이 차가 출발했다.

"어어!"

갑자기 차가 출발하는 바람에 균탁의 몸이 균형을 잃고 앞으로 쏟아졌다. 몇 걸음이나 앞으로 쏟아지듯 걸은 끝에 겨우 손잡이를 잡아 멈출 수 있었다. 득달같이 운전기사의 고함이 들려왔다.

"할아버지! 똑바로 잡아요! 누구 인생 망칠 일 있어?"

룸미러 속에서 운전기사의 찌푸린 인상이 보였

기다리고 있는 다른 사람이 있었으면 물어봤을 텐데 아쉽게도 다른 사람은 보이지 않았다. 초등학교 등교 시간은 늦은 편이라 그런 것 같았다.

이윽고 3번 버스가 왔다. 문이 열리자 균탁은 다솔의 손을 잡은 채로 운전기사를 올려다보았다. 선글라스를 낀 운전기사는 정면만 응시하고 있었다.

"이거 혹시 은파 초등학교 갑니까?"

버스 기사가 고개를 이쪽으로 돌렸다. 그러고는 빠른 속도로 뭐라고 얘기하고는 문을 닫았다. 뭐라고 하는지 듣지도 못한 상황에서 버스가 떠나버렸다. 균탁은 버스 기사에게 떠밀려진 기분 같은 것을 느꼈다.

"할아버지, 우리 버스 언제 타? 나 추워."

다솔의 말에 균탁은 얼른 아이의 손을 비벼주었다.

"길 건너에 가서 타야 되나 봐. 얼른 가자."

균탁은 다솔을 데리고 길을 건넜다. 다행히 오래 지나지 않아 3번 버스가 왔다. 혹시 모른다는 마음

16

솔을 맡게 된 이후로 어려움이 찾아왔다.

처음엔 다솔을 버스로 데려다주려 했다. 다솔의 학교 앞까지 가는 버스가 몇 번인지 알려달라는 균탁의 요청에 지영은 인터넷을 검색하면서도 뜨뜻미지근한 반응을 했다.

"차도 있는데 왜 굳이 버스를 타."

"운전 안 한 지도 오래돼서. 대중교통이 편하지. 안전하고."

"3번 버스네. 농협 앞에서 타면 돼."

그렇게 처음 버스를 타러 나간 날부터 일은 균탁의 마음처럼 순조롭게 진행되지 않았다. 농협 앞으로 갔는데 버스정류장이 헷갈린 것이다. 지영은 분명 농협 앞이라고 했는데 이쪽 편의 버스정류장은 농협보다 훨씬 아래에 있었고, 농협 건너편에도 버스정류장이 있었다. 이쪽 편에 있는 버스정류장인지 맞은편을 말한 건지 영 헷갈렸다. 일단 조금 아래쪽에 있는 버스정류장으로 향했다. 한 손에 다솔의 손을 잡고 균탁은 3번 버스를 기다렸다. 버스를

15

썩 내키지는 않았지만 그런 표정은 감추고 미소를
지어 보였다.

"그러는 게 서로 편하잖아."

"그럼요. 그리고 아버님 나이에 운전하시는 분들
많아요. 대중교통 타시기 힘들잖아요. 잘 생각하셨
어요. 슬슬 가시면 되죠."

"그래."

"다녀오겠습니다."

정한이 인사를 하고 나갔다. 균탁은 맞은편에 앉
아 밥을 우물거리는 다솔을 바라보았다. 이 집으로
이사하고 난 뒤 다솔의 학교와 멀어졌다. 버스로는
25분이나 가야 하는 거리였다. 집이 5분 거리에 있
을 때도 데려다주던 다솔을 혼자 보낼 수 없었다.
당연히 그 몫을 균탁이 차지했다. 하지만 균탁은 벌
써 3년이나 운전하지 않았다. 아내가 죽은 이후 운
전할 일도 거의 없었지만 시력이 나쁜 데다 스스로
반사 신경도 좋지 않다고 판단해 운전할 마음이 없
어졌었다. 혼자의 몸이라면 걸어 다녀도 되지만 다

다. 어린이집에 다닐 때까지만 해도 옆에서 밥을 먹다 흘리지는 않는지, 뜨거운 국그릇을 쏟지는 않는지 지켜봐야 했지만 이제는 다솔도 초등학교 1학년이었다. 혼자 충분히 할 수 있는 나이다. 그러고 보면 아이들이 정말 쑥쑥 큰다는 생각이 들었다.

"식사하세요, 아버님?"

소리가 나는 곳으로 돌아보자 정장을 차려입은 정한이 서 있었다. 출근 준비를 마친 듯했다. 정한은 화장품을 제조하는 중소기업에 과장으로 재직하고 있었다.

"그래. 이제 출근하나?"

"네."

"잘 다녀와."

"예."

그렇게 말하던 정한이 식탁 위에 있던 자동차 키를 보았다.

"차로 가실 거죠?"

정한의 말에 균탁은 자동차 키를 내려다보았다.

치지 않게 말리는 것도 자신 있다.

다솔을 데리고 나와 머리를 말리고 옷을 입혔다. 주방으로 들어가니 정한은 없었다. 식사를 마치고 옷을 갈아입으러 안방에 들어간 모양이었다. 정한이 먹은 빈 그릇이 그대로 식탁 위에 놓여 있었다. 균탁은 그걸 싱크대에 넣고 얼른 다솔이 먹을 아침을 준비했다.

집에 가만히 있으면 뭘 하나, 하며 하나씩 했던 집안일들이 이제는 거의 균탁의 몫이 되었다. 설거지도, 빨래를 해 널고 다시 걷어와 개는 것도, 집 안 청소도 균탁이 했다. 이제는 지영조차도 자신이 할 테니 내버려 두라는 소리를 하지 않는다. 가끔은 이러려고 날 모신다는 소리를 했나, 하는 미운 마음이 들기도 하지만 이거라도 하지 않으면 자신이 여기 있을 이유가 없을 것 같다는 마음도 공존했다.

"자, 국 다 끓었다. 밥 먹자."

다솔의 앞에 김이 폴폴 나는 국그릇을 놓아주고 균탁은 자신의 밥그릇도 가지고 와 맞은편에 앉았

마련의 목표를 이뤘다. 작년에 이 집을 산 것이다. 작지만 마당도 딸려 있고, 다솔이 살고 싶다고 노래를 부르던 이층집이기도 했다. 대출을 많이 끼어서 샀다고는 들었지만 그게 정확히 얼마인지는 몰랐다. 균탁은 이전에 아내와 살던 집을 정리한 돈을 두 사람에게 내밀었다. 한사코 거절하는 두 사람의 손에 통장을 쥐여 준 것은 균탁이였다. 이것밖에 도움이 못 돼서 미안하다고 균탁은 오히려 미안해했다.

"할아버지, 나 치카 다했어."

"오야."

균탁은 다솔의 잠옷 상의를 벗겼다. 다솔은 익숙하게 욕조 쪽으로 가 머리를 숙였다. 균탁이 샤워기로 다솔의 머리를 적셨다. 거품을 내 바르는 균탁의 손이 빠르고 익숙했다. 처음엔 어린애를 씻기는 게 두렵기도 하고 어색하기도 했다. 딸아이를 기를 때도 자신이 씻겨 본 적은 없었기 때문이다. 그러나 이제는 이것도 익숙해졌다. 물론 다솔의 머리를 뻗

그렇게 혼자된 균탁에게 같이 살자고 제안한 건 딸 지영이었다. 물론 사위인 정한과도 상의한 결과였을 거였다. 둘이 함께 균탁을 설득했다. 균탁의 나이도 일흔넷. 적지 않은 나이였다. 아내와 함께 살던 집에 혼자 남아 있는 것도 마음이 좋지 않을 때라 못 이기는 척 응했다. 사위와 함께 사는 게 불편하지 않을까 하는 걱정이 없었던 건 아니지만 커가는 손자를 보고 싶은 마음도 있었다.

균탁이 집으로 온 뒤, 지영은 은근슬쩍 균탁에게 다솔을 맡기기 시작했다. 처음은 하원 때만 봐달라고 했지만 점점 지영의 퇴근 시간이 늦어지자 다솔의 식사며 뒤치다꺼리는 전부 균탁의 몫이 되었다. 지영이 강의 수를 늘린 거라는 걸 안 것은 조금 시간이 지난 뒤였다. 하지만 그런 지영이 얄밉다거나 하지는 않았다. 지영과 정한의 목표가 내 집 마련이라는 건 이미 알고 있었기 때문이었다. 이 늙은 나이에 자신이 도움이 될 수 있다면 그것만으로도 기쁘다는 생각도 있었다. 그리고 드디어 아이들은 내 집

위 정한이 식탁에 앉아 식사하고 있었다.

"일어나셨어요."

"그래. 얼른 식사해."

네, 하고 대답한 정한이 식탁에 다시 앉는 것을 보고 다솔을 데리고 화장실에 들어갔다. 다솔은 눈을 반쯤 감고서 칫솔을 들고 양치를 하기 시작했다. 아이가 양치를 대충 하지는 않는지를 지켜보면서 균탁은 거울 속에서 다솔과 눈을 마주칠 때마다 미소를 지어 보였다.

딸 내외와 같이 살기 시작한 건 3년 전 아내가 죽은 다음부터였다. 아내는 유방암으로 5년을 투병하다 세상을 떠났다. 처음 병을 발견했을 때는 이미 림프샘까지 전이된 상태였지만 수술 예후가 그리 나쁘진 않았다. 잘 관리하면서 살면 될 거라고 생각하며 그 힘든 항암까지 견뎌냈는데 결국 재발하고 말았다. 직후 아내의 건강은 빠르게 하향선을 탔다. 병원에서 눈을 감던 아내의 모습이 아직도 눈앞에 선연하다.

"냉장고에 반찬 사다 놨고, 냄비에 국 있으니까 데우기만 하면 돼."

"알았어. 걱정하지 마."

"다녀올게요."

"그래."

"천다솔! 할아버지 힘들게 하지 말고 얼른 일어나!"

딸은 한 번 더 목소리를 높여 말하고는 곧장 현관 쪽으로 걸어 나갔다. 현관문에 달린 잠금장치가 열렸다 닫히는 소리를 들으며 균탁은 다솔의 머릿밑으로 손을 넣었다.

"으차, 일어납시다, 우리 왕자님."

"이잉."

균탁이 일으키자 다솔은 할 수 없다는 듯 불평을 하면서도 눈을 비비고 일어났다. 부드러운 머리카락이 하늘을 향해 치솟아 있었다. 균탁은 웃으며 그 머리를 쓸어 넘겨주고는 다솔을 침대에서 내려서게 했다. 작은 손을 붙잡고 밖으로 나갔을 때 그의 사

작은 이마에 흐트러진 머리를 쓸어 넘겨주며 이러다간 늦는다고 다시 한번 말하려 할 때였다.

"천다솔, 얼른 안 일어나? 지각하고 싶어?"

딸 지영이 어느새 왔는지 열린 문 앞에 서서 허리에 손을 얹고 있었다. 아직 새벽 7시가 조금 넘은 시간이지만 지영은 어느새 화장부터 머리 손질까지 완벽하게 끝내놓은 상태였다. 균탁은 지영을 향해 손을 내저었다.

"내가 늦지 않게 깨워서 갈 테니까 걱정 말고 출근해."

지영은 학원 강사였다. 새벽에는 직장인을 위한 영어 회화 강의를 하고 저녁에는 늦게까지 수험생들을 가르친다. 물론 그 둘 중 한쪽만 해도 되지만, 작년에 이 집을 사고 들어오면서 지영은 일을 더 늘렸다. 그나마 오늘은 첫 교시 수업이 휴강 되어 늦게 출근하는 편이다. 새벽부터 제대로 밥도 먹지 못하고 우유 한 잔만 덜렁 마시고 가는 딸을 볼 때마다 안쓰러운 마음이 들었다.

1

균탁은 손자의 방 앞에 섰다. 손등으로 가볍게 노크를 했지만 안에서는 아무런 소리도 들려오지 않았다. 손잡이를 비틀어 문을 열고 안으로 들어갔다. 다솔은 균탁이 들어오는 것도 모르고 잠에 빠져 있었다. 살짝 열린 귀여운 입술과 감은 눈 위로 보이는 눈썹이 사랑스러웠다. 균탁은 다솔의 침대에 엉덩이를 살짝 걸치고 앉아 부드러운 목소리로 아이를 깨웠다.

"다솔아, 일어나야지."

"으응."

아이는 싫다는 듯한 소리를 내며 몸을 비틀었다.

정해연 장편소설

드라이브